邹韬奋◎著

邹韬奋精品文集

Zoutaofen jingpin weiji

团结出版社
UNITY PRESS

图书在版编目（CIP）数据

邹韬奋精品文集／邹韬奋著. —北京：团结出版社，2018. 1（2024. 5 重印）

ISBN 978-7-5126-5489-1

Ⅰ.①邹… Ⅱ.①邹… Ⅲ.①中国文学—现代文学—作品综合集 Ⅳ.①I216. 2

中国版本图书馆 CIP 数据核字（2017）第 198897 号

出　版：团结出版社

　　　　（北京市东城区东皇城根南街84号　邮编：100006）

电　话：（010）65228880　65244790（出版社）

网　址：http://www.tjpress.com

E-mail：zb65244790@vip.163.com

经　销：全国新华书店

印　装：三河市金兆印刷装订有限公司

开　本：640mm×915mm　16开

印　张：12

字　数：200千字

版　次：2018年1月　第1版

印　次：2024年5月　第3次印刷

书　号：978-7-5126-5489-1

定　价：68.00元

前言 / QIANYAN

　　邹韬奋（1895年11月5日至1944年7月24日），1922年在黄炎培等创办的中华职业教育社任编辑部主任，开始从事教育和编辑工作。1926年接任《生活》周刊主编，以犀利之笔，力主正义舆论，抨击黑暗势力。"九一八事变"后，邹韬奋坚决反对国民党政府的不抵抗政策，他主编的《生活》周刊以反内战和团结抗敌御侮为根本目标，成为国内媒体抗日救国的一面旗帜。1932年7月成立生活书店，任总经理。生活书店成立后，团结了一大批进步的作者，短短几年，使其在全国各地的分支机构扩展到了56家，先后出版了数十种进步刊物，以及包括马克思主义译著在内的1000余种图书。1933年1月，邹韬奋参加了宋庆龄、蔡元培、鲁迅等发起的中国民权保障同盟，并当选为执行委员，不久被迫流亡海外。

　　人们常说的要学习韬奋精神，究竟什么是韬奋精神？出版、读书界中人说，韬奋一生办刊物、办报纸、办书店，他提倡和身体力行的主旨是"竭诚为读者服务"，那种服务精神便是韬奋精神。新闻界人士认为，韬奋的文章从来不畏权势，勇于一贯地讲真话，他批评时弊不怕得罪人，力主言论自由的精神就是韬奋精神。政论家认为，韬奋之所以在舆论界独树一帜，是他在抗战前国民党对日本妥协时期，他不避个人安危，力主抗日，在抗战以后，他所办的刊物和书店，一直高举着抗日的大旗，他的爱国思想正是韬奋精神。这些说法都是概括了韬奋一生所从事的事业，自然都是对的，但是他从事的事业遭受了无数次的挫折，他依然百折不挠，始终坚守着他的信念，反动派将他办的刊物一个个封闭，他一个个重新建立，他一直到停止呼吸时仍为他的理想而奋斗不息。这种为真理而战斗不屈的精神，才是我们要永远学习和记取的韬奋精神。

　　2009年，他被评为100位为新中国成立作出突出贡献的英雄模范之一。

目录 / MULU

爱与人生

天下极乐之根源莫如爱，天下极苦之根源亦莫如爱。然苟得爱之胜利，则虽极苦之中有极乐存焉。则谓爱亦极苦之根源，实表面之谈。谓爱为极乐之根源，乃真天地间万古不灭之真理也。其势力盖足支配芸芸众生，无有能越其界限者。得之则人生有价值，不得则人生无价值。知此则人生有乐趣，不知此则人生无乐趣。爱为人生之秘机，爱为人生之秘钥。人兽之别，即系乎此。

天地间爱之最真挚者有二，曰母子之爱与夫妇之爱。孟子谓三军可夺帅，匹夫不可夺志。母子之爱与夫妇之爱，虽赴汤蹈火，绝脰不能损其毫末者。其精神直可动天地，泣鬼神，莽莽大地，芸芸众生，至德极善，无以逾此母子之爱占人之前半生，夫妇之爱占人之后半生。人之一生，盖为爱所抚养，爱所卫护，爱所浸润，爱所维持。人生无爱毋宁死，人生有爱虽死犹生。

母子之爱与夫妇之爱皆本诸天性，与有生俱来，不过表显有先后。其潜伏于本能中，则因其同为天地间最纯最洁之爱，根源即在乎此。

儿童终日与慈母相依，亲近抚爱，融和如春，无第三人离间其间。母子心目中，除爱外，无所用其顾忌，无所用其避嫌，无所用其抑制。故能存其天真，保其真爱。

夫妇之爱，其出于天性，与母子同。然在吾国则但见母子之爱，至于夫妇间则十八九皆冷淡如路人，与天性相背驰，则又何哉。

吾固已言之，母子之爱占人之前半生，夫妇之爱占人之后半生。若仅得母子之爱而缺夫妇之爱，则谓大多数人仅生得一半。前半生有其生命，后半生虽生犹死，殆非过言。呜呼，何吾国死人之多也。吾为此惧，请为国人一采其致死之由。最先由于基础之错误，正当婚姻应先有恋爱而后有夫妇。吾国之大多数婚姻固无所谓恋爱，即有恋爱亦往往在名分已定之后。其间出于不得已者居十之八九。此其遗憾，虽女娲再世，无力填补。夫人无愉快欣慰之怀，而希冀其常有和气迎人之笑容温语，固不可得。若虽有愉快欣慰之怀，乃非由衷心，出于勉强，则其表面即强作笑容，其实际盖吞声饮泣，有不足为外人道者。即有笑容温语亦暂而不久，伪多而真少也。明乎此，则吾国夫妇间何以冷淡如路人，其原因可不待辩而自明。盖本无所爱，不能强作爱之表现。犹之乎本无母子之情，而欲强一任何妇人视一任何儿童如己子，强一任何儿童视一任何妇人如己母，除于戏台上一时扮装之外，遍天地间不可得也。呜呼，彼本为路人又安怪其冷淡如路人哉。

其次由于腐儒之提倡陋俗。吾国腐儒所极力提倡之陋俗，足以摧残夫妇间之和气生气，使之灭息无复有余烬者，莫如"夫妇相敬如宾"及"举案齐眉"各澜言。吾人聚素心人促膝谈心于一室，无所拘束，无所顾忌，言笑自如，各畅所怀，行坐任意，举止自由，其快乐安慰较与新客同座，端坐拱手，唯诺随人，其相差岂可以道里计。然而吾人对于素心人之情谊，较与新客之情谊，又何若。今以夫妇之亲且爱，而劝其相敬如宾，已近囚狱，苟益以举案齐眉之行为，则径可以加以锣鼓与猴戏比其优劣矣。此虽为例不多，常人未必皆尝行此，然有腐儒举为鹄的以示模范，其流弊所及，足以丧尽能医众苦之真爱而有余。腐儒不足责，吾惟祷其速死。活泼有为之青年，安可不稍稍运其思想，一洗陋俗，而勿再为半死之人。当知"恭恭敬敬""客客气气"，皆为招待路人之良法。至于夫妇之间，则以融和恰悦为尊尚。

最后由于腐败之大家族环境。一人前半生所享受之母子之爱，无人间之，后半生所享受之夫妇之爱，则在吾国之陋俗，有多端之离间。其最甚者，莫如腐败之大家族环境。夫妇之爱，无论如何其受授及享用，皆绝对仅限于当局之二人，不容有第三人掺杂其间，吾信此实可为社会学中之一定律。欲保持此定律之价值及完备，其第一条件，在有小家庭制度。若在腐败之大家族环境内，则欲掺杂或破坏，最少亦有阻碍之力者大有人在。苛虐之翁姑固无论已，即叔伯妯娌亦居间阻碍。此数人而能与此小夫妇团结一气，则将二人之爱而推广扩充之，成为数人之爱。爱之本身，固尚自若，无如夫妇之爱无论如何绝对限于当局之二人。谓此为我所发明之社会学中定律，亦无不可。即当局愿让，旁人亦无福消受。旁人既无能消受，乃无时不肆其谗谤倾轧之伎俩。当局为避嫌计，不得不敛其爱之形迹。于是虽于彼此言笑之间，苟非在晏居之处，未有不存戒心者。而其尤当力戒以避人耳目者，莫甚于亲爱之态度。戒之既甚，易之者舍冷淡莫属。冷淡既久，爱之精神亦随之湮没，盖精神虽为表现之本，表现亦助精神之长存。久作愁眉哭脸之人，心境亦随之俱移。此则心理学家所证明，非区区一人之私言也。呜呼，腐败之大家族环境。庆父不去，鲁难未已。此恶不除，家庭永无改良之由。半死之人遍国中，永无超度之期矣。或曰，子喋喋言爱与人生，人生所贵亦在为人类"服务" Service 耳。仅孜孜于爱之为言，何见之未广乎。曰，基督教之精粹在为人类服务，而其精义则以爱置于希望之前，人生得全其爱则学识道德及事业皆得其滋养而日增光辉，服务之凭藉亦全在乎此。子乃不揣其本而齐其末，殆亦半死之流亚欤。吾复何言。

外国人的办事精神

前中华职业学校校长顾荫亭先生新自欧洲考察教育回国，足迹遍历十数国，经时四年以上。据顾先生所谈，把国内的办事情形与西人的办事情形，比较一下后，深觉西人具有几种特别的精神，我听了很觉感动。

他说第一是彻底。他们对于各事不办则已，即办必求彻底，决不肯随随便便，就心满意足。即就造路一端而论，我们造路只要在表面上铺平，就算了事。他们要挖下去好几尺的深，上铺石块，石块上面还要加三合土，三合土上面还要铺浸过桐油的木块，要弄得十分平稳，方始罢休。又在各国看所造房屋，无不精益求精，务求十分稳固结实，不但可经数十年不坏，且可耐久至数百年。反顾国内则造路造屋，无不十分容易，只求像个样子，就算了事，推至其他诸事，无不但求苟安目前，不计久远。这种情形与国民性大有关系，我们不得不加以特别注意。顾先生说他在国内的时候，对此事还不十分觉得，在外国无处不发生这种感触。

第二是坚忍。他们做事不怕失败。第一次失败，再做第二次；第二次失败，再做第三次；必至做好，方始甘心。他们失败的人自己固不以此自馁，就是社会上对于这种失败的人，也觉得失败一次，多一次经验，值得让他再试，比较的易于成功。反顾我们中国则又不然：失败的人就想改走别条路，无心再试，就是社会上对于这种失败的人，也觉得他既曾失败了，便不行了。

第三是专一。他们做事，责任分得很专，各人对于各人范围内的事，十分认真，这一部分事错了，他要完全负责。他们各人对于各人的事，无不积极的时常改进，增加效率，决不敷衍塞责，依样画葫芦，便算尽职。

我听了顾先生的话，觉得十分扼要。他山之石，可以攻玉，我们应当互相勖勉。

有效率的乐观主义

　　有一个名词，各个人的脑子里都应该有的，各个人的心里都应常常想到，常常念着的，这就是"乐观主义"。一个人的目的愈远，计划愈大，他的工作所经过的途径也愈远；在前进的时候，有许多愁虑、困难、穷苦、失望，都是当然要碰到的。乐观主义的人，就是不怕这些恶魔，反而振起精神，抱着希望，向前干去！倘被恶魔所屈服，便亡了；倘能战胜恶魔，便是胜利！

　　凡是要做得好的事情，都不是随随便便就行的，都不是容易的。你自己要立于什么地位？要达到什么地步？情愿付什么代价？你所希望的地位或地步总在那里，不过必须先付足了代价的人，才能"如愿以偿"。沿着大成功的一条路上，有许多小失败排列着，最后的成功是在能用坚毅的精神，伶俐的眼光，从这许多小失败里面寻出教训，尽量地利用它，向前猛进。而这种"寻出"和"尽量的利用"，惟有抱乐观主义的人才能够办到。

　　牛顿发明地心吸力学说的时候，全世界人反对他；哈费（Harvey）发明血液循环学说的时候，全世界人反对他；达尔文宣布进化律的时候，全世界人反对他；贝尔（Bell）第一次造电话的时候，全世界人讥诮他；莱特（Wrihgt）初用苦工于制造飞机的时候，全世界人讥诮他。讲到孙中山先生，最初在南洋演讲革命救国的时候，有一次听的人只有三个。这许多人都要抱着乐观主义，极强烈的乐观主义，使他们能战胜全世界的糊涂、盲从、冷酷、恐怖、怨恨、反抗。而且工作愈伟大，所受的反抗也愈厉害，简直成为一种律令，对付这种厉害的反抗，最重要的工具是乐观主义。

　　有许多人以为乐观主义的人不过是"嘻皮笑脸","随随便便","一切放任","撒撒烂污","得过且过","唯唯诺诺",请君切勿误信这种谬说。真正的乐观主义的人是用积极的精神向前奋斗的人,是战胜愁虑穷苦的人。这类的苦境,常人遇着,要"心胆俱碎","一蹶而不能复振"的。只有真正乐观主义的人才能努力奋斗,才敢努力奋斗!所以讲到乐观主义还不够,要有"有效率的乐观主义"才行。

个人自由与国家自由

　　法国革命时候所用的口号是自由，平等，博爱三个名词，犹之乎中国现在革命所用的口号是民族，民权，民生。西方各国民权的昌盛是由于力争个人的自由，所以外国学者往往把"民权"和"自由"并称。但是我们所争的自由和他们便有点不同：他们重在争回个人的自由，我们重在争回国家的自由。我们所提出的革命目标，既要大家都起来奋斗，一定要和人民有切肤之痛的，才能唤起大家热心来附和。所以我们要切实明了我们自己的境地，不可抄袭他国的唾余来胡乱附会的。西方各国为什么要力争个人的自由而后才获得民权呢？这是因为当时君主的专制达于极点，干涉人民的言论自由，思想自由，行动自由，各个人受了那样残酷的专制，深感不自由的痛苦，所以要奋斗去争个人的自由，解除那种痛苦。那种痛苦解除了，民权便盛起来。

　　至于中国的情形便不同了，历代的皇帝最重要的是保皇位。除对于侵犯皇位的严刑外，人民做什么事，皇帝便不理会。人民方面除纳粮外，对于政府也没有什么关系。所以就中国人民的个人方面说，向来没有受过什么大不自由的专制痛苦。我们所受的痛苦是因为国家不自由所给予的间接的痛苦，因为中国衰弱，受了外国的政治经济与人口的压迫，没有力量抵抗，弄到民穷财尽，生路日蹙，所以我们要团结起来，成为一个大团体，争回独立的国家自由。

什么是真平等？

民权里面包括平等，所以民权倘能发达，便争到了平等。平等既与民权有这样的密切关系，所以我们要研究什么是真平等。

欧美的革命学说，都主张平等是人类受之天赋的。照实际的情形讲，天地间所生的东西，总没有真能完全相同的，既然没有真能相同的东西，便不能说有什么天生的平等。不过因为人类专制发达以后，专制帝王往往假造天意，说他们所处的地位是天所授予的，人民不应反对他。变本加厉，生出"帝王公侯伯子男民"的不平等阶级，在特殊阶级的人过于暴虐无道，被压迫的人民困苦万状，所以发生革命风潮，革命学者便主张人类平等也是天所授予的，与帝王等特殊阶级的假托针锋相对，藉以推倒他们。等到帝王推倒之后，人民还是相信这样说法。

其实人类天生就有"圣贤才智平庸愚劣"的区别，如硬把他们压做平等，是办不到的，而且还是不平的事情。这样说起来，到底是真平等呢？说到这一点，中山先生有几句很精警的话，他说："说到社会上的地位平等，是始初起点的地位平等，后来各人根据天赋的聪明才力，自己去造就。因为各人的聪明才力有天赋的不同，所以造就的结果当然不同。造就既是不同，自然不能有平等。像这样讲来，才是真正平等的道理。如果不管各人天赋的聪明才力，就是以后有造就高的地位也要把他们压下去，一律要平等，世界便没有进步，人类便要退化，所以我们讲民权平等，是要人民在政治上的地位平等，因为平等是人为的，不是天生的，人造的平等，只有做到政治上的平等——

各人在政治上的立足点都是平等。"政治上的立足点既已平等，各人便当各尽其聪明才力，以服务为目的，而不以夺取为目的。"聪明才力愈大者，当尽其能力而服千万人之务，造千万人之福；聪明才力略小者，当尽其能力以服十百人之务，造十百人之福至于全无聪明才力者，亦当尽一己之能力，以服一人之务，造一人之福。"

这样的做去，各人天生的聪明才力虽不平等，而各人的服务道德心发达，各就平等的出发点而尽量发展，以贡献于人群，也可算是平等了，这是真平等。

闲暇的伟力

"闲暇"两个字，用再平常一点的话讲起来，就是"空的时候"。

金屑：在美国费列得费亚的造币厂地板上，常用造币材料余下小如细粉的金屑，看过去似乎是很细微不足道，但是当局想法把它聚集拢来，每年居然省下好几千圆的金洋！能用闲暇伟力的成功人，也好像这样。

短的闲暇：我们常听见人说："现在离用膳时候只有五分钟或十分钟了，简直没有时候可以做什么事了。"但是我们试想世界上有多少没有良好机会的苦儿，竟利用许多短的闲暇，成功大业，便知道我们所虚掷的闲暇时间，倘若不虚掷，能利用，已足使我们必有所成。此处闲暇时间外的本来的工作时间尚不包括在内，可见闲暇的伟力，真非常人所及料！

格兰斯敦：格兰斯敦是英国最著名的政治家，他的法律的政治的名著，世界上研究法律政治的人无不佩服的。但是他一生无论什么时候，身边总带一本小书，一有闲暇的时候，就翻来看，所以他日积月累，学识渊博。大家只晓得他的学识湛深，而不晓得他却是从利用闲暇伟力得来。

法拉台：法拉台是电学界极著名的发明家。他贫苦的时候是受人雇用着订书的，一天忙到晚，但是他一有一点闲暇，就一心一意做他的科学试验。有一次他写信给他的朋友说："我所需要的就是时间，我恨不能买到许多'写意人'的'空的钟头，甚至空的日子'。"但是有"空的钟头""空的日子"的"写意人"，反多一无贡献，和"草木同腐"，远不及"一天忙到晚"的法拉台，就在他能利用闲暇的伟力。

虽忙：一个人虽忙，每日只要能抽出一小时，如果用得其法，虽属常人也能精熟一种专门科学。每日一小时，积到十年，本属毫无知识的人，也要成为富有学识的人。

心之所好：尤其是年轻的人，在本有工作之外，遇有闲暇时候，总须有一种"心之所好"的有益的事做。这种事和他原有的工作有无关系，都不要紧，最要紧的是真正"心之所好"，有"乐此不疲"的态度。

现今："现今"的时间。是我们立志可以作任何事的"原料"，用不着过于追想"已往"，梦想"将来"，最重要的是尽量地利用"现今"。

集中的精力

　　不分散精力于许多不同的事情，专心一志于一件最重要的事业，这是现今世界上要成功的人的一种极重要的需求。在这种需要集中注意集中精力的时代，凡是分散努力不能有所专注的人，绝无成功之望。

　　大不同：成功者与失败者大不同之点，并不在他们所做的工作的分量，是在乎他们工作的效率。有许多失败的朋友，他们所做的事并不少，讲到量的方面，与成功的人比起来，并无逊色。但是他们却是瞎做，不晓得利用机会，不晓得由失败里面获得教训。他的大毛病就是身手虽在那里做，精神上却没精打彩的，并未曾用他全副精力，专注于此，所以虽然做了，徒然白费工夫。

　　无目的：这种人只晓得埋头苦做，你倘若问他目的何在，他就瞠目莫知所对。我们要知道，我们要寻得什么东西，心里先要存着要寻得这东西的观念，否则物且无有，何寻之有？环集于花上的昆虫，不止蜜蜂，但是采蜜以去的只有蜜蜂。

　　不但用于工作：集中的精力，不但宜用于工作，就是研究学问，非集中精力，一定像走马灯一样；就是游戏，也非集中精力去玩，不能获到休养身心的良果。

　　说得好：钦斯来说得好："我专心致志于一件事情的时候，好像在世界上只有这一件事。"惟其能如此，所以关于这事的前前后后，无不留心，无不竭精殚思，便做成有智力的工作，不是瞎撞的事情。

小孩子：你若教一个小孩子学走路，引诱他的眼睛望着一件特殊的东西，他便精力集中，望着这件东西走，特别稳妥，特别敏捷，你倘若在各方诱他叫他，他便分散注意力，上你的当，一失足便跌了下来。这件小事很可以说明集中精力的妙用。

艺术：试就艺术说，无论什么真正的艺术，明确的目标，是其中一个重要的特色。如果有一位画画的人，他把许多观念，同时都堆入一张帆布上画了起来，并无或轻或重之处，便是画成一张乱七八糟的画，决不能成为一位画家。真正的画家，却要利用种种的变异，把一个最主要的意思托现出来，好像其他许多景物，许多光线，许多颜色，都是向着那个主要的意思为中心，共同把他表现出来。

人生：人生也是如此，所以良好和融的生活，无论才能如何广阔，学识如何丰博，一生总须有一个做中心的大目标。在此目标之下，才能学识等等都好像是附属物，共同把他逐渐表现出来，陪衬出来。

敏捷准确

　　成功是一对父母产出的宁馨儿——敏捷与准确。无论哪一位成功的人物，他一生里面总有"一发千钧""稍纵即逝"的重要关头，当这种时候，倘若心里一游移不决，或彷徨失措，就要全功尽弃，一无所成！

　　错误：遇着事就敏捷去做的人，就是偶有错误，也必终抵于成功！一个因循耽误的人，就是有较好的判断力，也必终于失败。

　　救星：一人不幸做了"迟疑不决"的牺牲者，其唯一的救星是"敏捷的决断，果敢的行为"。

　　欺人：对事要敏捷，还要准确。与人交际最寻常而却最神圣的准确是践约。与人约了一定的时候，临时不到或迟到，除有真正的万不得已的理由外，便是一件有意欺人的事情，在新道德方面是一件切忌的恶根性。

　　华盛顿：华盛顿做总统的时候，常于下午4点钟在白宫宴请国会议员，有的时候有几位新议员到得迟，到的时候看见总统已坐在那里吃，不舒服的意思形于神色，华盛顿便老实对他们说："我的厨子只问预约的时间到了没有，从来不问客人到了没有。"

　　拿破仑：拿破仑有一次请几位他的大将用膳，到了预约的时候，那几位大人还没有到，他一个人大嚼一顿。等他们来了，他已经吃完，离座对他们说："诸君，用膳的时候过了，我们立刻要去办公。"

　　信用：敏捷是信用之母。敏捷最能证明我们做事有序，做得好，使人信任我们的能力。至于确守时间的人，常是能够守信的人，也就是可恃的人。

随遇而安

一个人要有进取的意志，有进取的勇气，有进取的准备，但同时却要有随遇而安的工夫。

姑就事业的地位说，假使甲是最低的地位，乙是比甲较高的地位，依次推升而达丙丁戊等等。由甲而乙，由乙而丙，由丙而丁中间必非一蹴而就，必经过一段历程。换句话说，由甲到乙，由乙到丙的中间，必须用过多少工夫，费了多少时间，充了多少学识，得了多少经验，有了多少修养。倘若未达到乙而尚在甲的时候，心里对于目前所处的境遇，就觉得没有乐趣，希望到了乙的地位才能安泰，到了乙，要想到丙，于是对于那个时候所处的境遇，又觉得没有乐趣，希望到丙的地位才能安泰，这样筋疲力尽的一辈子没有乐趣下去，天天如坐针毡，身心都觉没有地方安顿，岂不苦极！所以我们一面要进取，一面对于目前所处的地位，要能寻出乐趣来，譬如在职务上有一件事做得尽美尽善，便是乐趣。有一事对付得当，又是乐趣。在甲的时候，有这种乐趣；在乙的时候，也有这种乐趣，岂不是一辈子做有乐趣的人？这便是随遇而安的工夫，这样的随遇而安是积极的，不是消极的。彻底明白了此中真谛，真是受用无穷！

坚毅之酬报

一个人做事，在动手以前，当然要详慎考虑，但是计划或方针已定之后，就要认定目标进行，不可再有迟疑不决的态度，这就是坚毅的精神。

大思想家乌尔德曾经说过："对于两件事，要想先做哪一件，而始终不能决定，这种人一件事都不会做。还有人虽然决定了一件事的计划，但是一听了朋友的一句话，就要气馁，其先决定这个意思，觉得不对；既而决定那个意思，又觉得不对；其先决定这样办法，觉得不对，既而决定那样办法，又觉得不对，好像船上虽然有了罗盘针，而这个罗盘针却跟着风浪而时常变动的。这种人决不能做大事，决不能有所成就，这种人不能有进步，至多维持现状，大概还不免退步！"

有一个报界访员问发明家爱迪生："你的发现是不是往往意外碰到的？"他毅然答道："我从来没有意外碰到有价值的事情，我完全决定某种结果是值得下工夫去得到的，我就勇迈前进，试了又试，不肯罢休，直到试到我所预想的结果发生之后，我才肯歇！我天性如此，自己也莫名其妙。无论什么事，一经我着手去做，我的心思脑力，总完全和他无顷刻的分离，非把他做好，简直不能安逸。"

坚毅的仇敌是"反抗的环境"，但是我们要知道"反抗的环境"正是创造我们能力的机会。反抗的环境能使我们养成更强烈的抵御的力量，每战胜过困难一次，便造成我们用来抵御其次难关的更大的能力。

文豪嘉莱尔千辛万苦的著成一部《法国革命史》。当他第一卷要付印的时候，他穷得不得了，急急忙忙地押与一个邻居，不幸那本稿子跌在地下，给一个女仆拿去加入柴里去烧火，把他的数年心血，几分钟里烧得干干净净！这当然使他失望得不可言状，但是他却不是因此灰心的人。又费了许多心血去搜集材料，重新做起，终成了他的名著。就是一天用一小时工夫求学问，用了十二年工夫，时间与在大学四年的专门求学的时间一样，在实际经验中参证所学，所得的效益更要高出万万！

丢脸！

　　日本大贩的《日日新闻》最近印行一种关于济南惨案的特刊，订成一册，里面插刊许多照片。一部分是暴日到济耀武扬威的海陆军，一部分是显出中国人的懦弱状态。他们把这样特刊向世界大发而特发，当然大丢中国人的脸，这是我们子子孙孙永不能忘的厚惠！中国人若再不排除私见，积极准备雪耻，力求一旦能伸眉吐气，有何面目与世界各国人相见？我看这特刊里许多照片，最惨痛的是许多被拘的南军，手向后绑，赤着脚，哭着脸，由三五持枪暴戾的日兵在后押着走，这还说是处于强力威迫之下。尤其使我发指的是看见里面有一张照片，现着济南总商会会长孟庆宾穿着马褂，脱着小帽，笑容可掬的毕恭毕敬的，"鞠躬如也"和"刽子手"福田的联队长握手！就是说怕死，难道不那样笑着脸，恭而敬之，就要吃手枪吗？该刊日文当然故用揶揄的口气，在相旁表示中国人的代表欢迎日军。冤哉中国人！何为而有此无耻之尤的"代表"！章乃器先生有过几句极沉痛的话。他说："什么治安维持会，要宴请日本要人，受福田的训词，什么中日联席会议，已经开会十多次了。印度亡国数十年了，到现在还要高唱'不合作'。哪里有中国人那样乖巧，一被征服就求合作如恐不及？怪不得福田司令要嘉奖他们：'办个样子，做各省模范'？"民气消沉至此，真堪痛哭！

干

　　南方人说"做"，北方人说"干"。我近来研究所得，觉得最好的莫如干，最不好的莫如不干。这个地方所指的事情，当然是指宗旨纯正的事情，不然做强盗也何尝用不着干。天下事业的成功是没有底的，人生的寿数是有限的。无论哪一种学业或哪一种专学，决不是可由任何个人所能做到"后无来者"的。但是在某一专业或某一专学，我实际果然干了，能成功多少，便在这种专业或专学进步的成绩上面占一小段。继我努力的同志，便可继续这一小段后面再加上去。这逐渐加上去的小段，他的距离或长或短，换句话说，那一段所表示的成功或大或小，当然要看干的人的材智能力。但紧紧的是要干，倘若常常畏首畏尾而不干，便决无造成那一段的希望。要养成"干"的精神，先要十分信仰天下事果然干了，无论大小，迟早必有相当的反应或结果，决不会白费工夫的。有了这个信仰，还要牢记两点：（一）不怕繁难。愈繁难愈要干，只有干能解决繁难，不干决不能丝毫动摇繁难。（二）不怕失败，能坚持到底干去，必能成功，就是成功前所经过的失败，也是给我们教训以促进最后成功的速率。就是我个人一生失败，这种教训也能促进继我者最后成功的速率。所以还是要奋勇地干去。若不干，固然遇不着失败。也绝对遇不着成功。

肉麻的模仿

　　模仿本来不是坏事情，而且有意义的应需要的小模仿反是一件极好的事情，例如模仿外国货以塞漏卮，模仿强有力的海陆军以固国防，模仿良好品性以正心修身，何尝不好？但是无意识的模仿，便有不免令人肉麻的地方。

　　自从《胡适文存》出版之后，好了！这里出一部"张三文存"，那里又出一部"李四文存"！好像不印文集则已，既印文集，除了"某某文存"这几个字外，就想不出别的稍为两样一点的名称！我看了实在觉得肉麻！这种没有创作精神的"文豪"，只怕要弄到"文"而不"存"！

　　还有许多做文章的人，见别人用了什么"看了以后"作题目，于是也争相学样，随处都可以看见"听了以后"，"读了以后"的依样画葫芦的题目，看了实在使人作呕！我遇见这一类题目，便老实不再看下去，因为"以后"的内容也就可想而知！

　　交易所初开的时候，随处都是交易所，好像除了交易所，没有别的生意好做！后来跳舞场开了，也这里一家，那里一家，好像可以开个不完！不细察实际需要而盲目模仿的事业没有不失败的，交易所和跳舞场便是好例。现在又群趋于开设理发店，将来若非一个人颈上生出两个头来，恐怕不够！

　　即讲到本刊的排印格式，自信颇有"独出心裁"的地方，但是近来模仿我们的刊物，已看见不少，听见有一种刊物的"主人翁"竟跑到印《生活》

的那家印刷所，说所印的格式要和《生活》"一色一样"！我们承社会的欢迎，正在深自庆幸，并不存什么"吃醋"的意思，不过最好大家想点新花样，若一味的"一色一样"，觉得很无味。

　　我们以为无论做人做事，宜动些脑子，加些思考，不苟同，不盲从，有自动的精神，有创作的心愿，总能有所树立，个人和社会才有进步的可能。

痛念亡友雨轩

    吾国的模范新闻记者朱雨轩先生不幸于１０月２０日夜里病没沪寓。以朱先生之勤恪忠欵，谦敏笃实，为群服务，成绩斐然，不骛名，不自矜，实为社会上不可多得的一个优秀分子，英年不禄，殒此美才，我们深为社会惜此贤良，故记者于上期本刊为文以哭，不仅为私谊哀恸而已。

    我于雨轩逝世后的这几天夜里，睡到半夜，梦寐中总见他在病榻上僵卧着的状态，相对惨然，醒知为梦，便感触猬集，辗转不能再睡。他临终时连说几声"我自己决想不到如此之快！"岂特他自己，我20日下午6、7时最后去看他的时候，也决想不到如此之快！

    他在20日下午最后服药的时候，神志尚清，不过就慨然说："今天药吃下去很好，明天便什么东西都不能吃了！"又好像他自己已知道第二天必离人世。人之将死，往往有这种的自觉，颇为不可思议的事情，也许由于自己在此刹那间实在觉得精力殆已丧尽，不能再坚持了。

    他病前的一两星期还到杭州去了一趟，回来的时候欣然问我喜喝茶么，我莫明其妙，只告诉他说我平日只喝白开水，有好茶时也偶尔揩油，他听了就往编辑部里去拿来两罐龙井好茶叶，说是由杭州带回来的，当时情景，犹历历在目。现在那两罐茶叶，我还不过用了一小部分。睹物思人，悲不自胜，音容宛在。呼唤无从！既而想人谁无死，有生必有死，诸位和我总有一天要"完结"，这是一定的未来的事实，将来科学能否补此缺憾不可知，有目前却是人人所不能避免的一件事。我向来主张绝对不能避免的事，便无须多愁多虑，只得听其自然。不过造物弄人，既使人有"死"，又使人有"情"，于是惨事当前，又使人不能自禁其悲哀伤恸，这真是无可如何的事情！

雨轩弃世后，他的许多好友无不挥泪悲悼，社会上知道他的人无不痛惜，这是他生前做人所留的自然结果，热心为社会上服务所留的自然结果，决不是幸致的。真要死，是我们无可如何的事情，不过在未死之前，做一个好人，尽自己力量多替社会做一些好事，这是我们后死者可以自主的事情。

现在所最难堪的，当然是朱夫人。所幸朱夫人受过高等教育，本在国立上海商科大学四年级肄业，明夏即可毕业。朱先生的好友很多，朱夫人既学有专攻，毕业后必不难在社会上获得相当的服务机会。惨遭不幸，哀痛悲伤，一时当然非所谓高等教育所能减损，惟为将来计，既有专门学识，获得相当职业，在研究学问中有安慰处，在社会活动中有安慰处，在自立精神中有安慰处，在社会活动中有安慰处。倘朱先生死后有知，我们愿以此告慰他在天之灵，同时并愿以此奉慰朱夫人。想到这种地方，我们深觉女子受有良好教育，具有专门技能，在家庭方面社会方面固然得益不浅，即万一有不幸的事情发生，也比较的有办法。因此我们尤深切地觉得普及并提高女子教育，实为妇女解放的根本方法。

办私室

诸君听惯了"办公室"这一个名词，忽然看见这个题目叫做"办私室"，也许疑为写错了字，或者是指洋房里面排着浴盆和抽水马桶的那个房间。其实既不是写错了字，也不是指那个与"方便"为缘的办私房间，是指虽称"办公"而实为"办私"的地方。

怎么叫做"办私"？开宗明义第一章即是安插私人。只要你做了一个什么"长"，局长也好，校长也好，或只要做了什么"理"，总理也好，协理也好，总之只要你做了一个独当一面有权用人的领袖，大领也好，小领也好，便得了无上机会去实行"举不避亲"的政策！舅老爷可任会计，姑老爷可任庶务，表老爷可任科长，侄少爷可任科员真是人才济济，古人说"忠臣孝子出于一门"，这至少也可以说是"各种饭桶出于一门"！外面的真正的专门人才虽多，其奈不是"出于一门"何！常语有两句话，一句是"为人择事"，一句是"为事择人"。其实能为事择人，是要办某事而选用合于此事的人才，固然是很好的事情，就是因有了人才，寻得相当的事叫他去做，也不是什么不好的事情。所最可痛的是不管事情弄得怎样糟，只要是自己的亲戚弄得饭碗算数！

但是"办公室"到底是办公的地方，只有秉公办事始能令人心悦诚服，倘若硬把"办公室"一变而为"办私室"，便极容易引起暗潮，引起纠纷。有某机关的庶务先生，因为要拉一个私人做茶房，就原有的茶房里面拣出一个"弗识相"的开除掉，弄得全体"茶博士"宣布罢工，闹得乌烟瘴气！我又亲见某机关的领袖任事十余年，全取人才主义，从不用一私人，凡有什么难问题，或同事中有所争执的事情，他数言解决，众无怨言，因为大家都知道他是大公无私，全以当前的事实为评判的对象，自然使人易于谅解。这位领袖对于"办私"的机会虽不知道利用，但据他自己对我说，他因此对于"办公"方面却大为顺利。

做领袖的人要做全机关的表率，所以尤忌在办公室里"办私"。但是任何办公室，除了领袖，还有许多职员，而办公的职员也往往各办其私。西友某君有一次很诧异的问我说道："在外国银行里，各办事桌旁的办事员总是忙于办公，何以偶入中国的银行，往往看见许多人就办公桌上看报？"他这种话当然不能抹杀我国人办的许多银行，但是我们试冷眼观察，吾国办公机关里的职员，于办公时间内看了大报还看小报的人有多少？这种私而忘公的精神怎样的普遍！

听说外国国民看报的人比我国多得不知几何倍数，他们每日由家出外赴办公室的时候，往往利用在途中坐车的一些时间内把本日的报展开来看看，到了办公室便须认真的办公，他们真是笨伯！何以不知利用办公室里的办公时间来看看报呢？可见他们不及我国办事的聪明了！

我国办公事的人还有一种"办私"的好机会，就是滥用机关里的信封信笺，就在办公室里来写私人的信！

据梁实秋先生说他有一天接到一封从外国邮局寄来的信，那信封是免贴邮票的信封，在贴邮票的角上印着："如有以此信封作私用者，处以二百元之罚金。"这种事情，在咱们的聪明办公者们看起来，未免要笑他们不懂得"办私室"的妙诀，以为公私何必分得如此分明，未免"小题大做"了！

我有一位朋友在某机关里服务，他告诉我说他有一位同事差不多天天在办公室里用机关里的信封信笺大写其情书，他虽"挨弗着"拜读那些情意缠绵的情书内容，但偶尔把眼角斜过去偷瞧偷瞧，但见满纸"吾爱"！这也可以算是在办公室里极"办私"的能事了！谁家女郎，得到这样多情的如意郎君，所不堪闻问的是那间表面上号称"办公室"里的事务成绩！我又听说外国的各种机关正在那里利用种种科学的原理来增加办公的效率，我国"办私室"的效率对于"办私"方面似尚不无成绩，也许可与讲究效率的外国并驾齐驱！我们中国社会事业所以难有进步，也许是有一部分因为这一方面的成绩太好了！太普遍了！

尽我所有

　　我们常看见有许多学英文的人，遇了用得着的时候，总怕开口，所以学校里有的请了外国人教英文，遇着师生聚会或宴会的时候，常有一堆学生躲来躲去，很不愿意和他同席，更不愿意和他多谈。这是什么缘故？也许是因为他觉得自己说得不好，怕出丑。其实你是外国人，西文是你的母音，我是中国人，本来不是说英语的，我懂得多少就说多少，能说得多好就说多好，如果说得差些，我总算"尽我所有"说了出来，有的不行的地方，有机会再学就是了，一些没有什么难为情！若本来自己不行，却扭扭捏捏、遮遮掩掩，试分析自己此时的心理，岂不是要表示我原是不错，不过不高兴说就是了！自己没有而要装做有，这便是不知不觉中趋于"伪"的一条路上去！天下作伪是最苦恼的事情，老老实实是最愉快的事情，"尽我所有"便是老老实实的态度，有了这种态度，岂但说什么英语心里无所畏，做什么都有无畏的精神，说英语不过是一种较为浅显的例罢了。

　　在校里做学生的时候，在课室里倒了霉被教师喊着名字，叫起来考问几句，胆小一些的仁兄，往往也吓得声音发抖，懂得两句的，只吞吞吐吐地答出了一句！这里面当然也有"撒烂污"的朋友，但是也有很冤枉的。既经懂了何以还有这样的冤枉？也是缺乏"尽我所有"的态度。有了这种态度，只要在自修的时候，"尽我所有"的能力用功，答的时候"尽我所有"的知识回答，既经"尽我所有"，于心无愧，如再不免"吃汤糰"，所谓"呒啥话头"，用文绉绉的话便是所谓"夫复何言"，我害怕要吃，不害怕也要吃，怕他作甚！这样一来，心境上成了所谓"君子坦荡荡"，不至于做"小人常戚戚"了。

做学生对付功课需要这种"尽我所有"的态度，就是我们要求自身的发展，也何尝不需要这种态度。有人告诉我们说，我要升学没有钱，做不到，学生意心里又不愿，怎样好？他不知道我们要求发展只有以目前"所有"的境地做出发点，不能一步升天的！没有钱升学诚然是不幸，但是天上既不能立刻掉下钱来，学生意的人也不见得个个都无出息，也是事在人为，我们便须利用"尽我所有"的凭藉而往前做去，否则就是立刻急死也是无用的！而且我们深信果能抱着"尽我所有"的坚毅奋发的态度往前干，不怕困难的拼命的干，总有达到目的的日子！只怕我们不干！只怕我们不能"尽我所有"！

岂但无力升学的苦青年，社会无论什么人都有他们说不出的痛苦，说不出的不满意，最需要的也是这种"尽我所有"的态度，尽量利用我们所有的能力，所有的凭藉，无论或大或小，总是，"尽我所有"的往前干，干到不能干无可干时再说！有了这种态度，只望着前途，只望着未来，不知道什么是困难，不知道什么是危险，不知道什么是烦闷，不知道什么是失望，但知道"尽我所有"的往前干，干到不能干无可干再说！俗语所谓"做到哪里算哪里"，一个人本来不能包办一切，本来只能"尽我所有"，此外多愁多虑多烦多恼，都是庸人自扰的事情！

这种"尽我所有"的态度，岂但从个人事业的立场言是非常需要的，就是我们想到社会的改进方面，也要有这种态度。即就全国不识字的人民一端而言，约占全数百分之八十，而现在的德国和日本，全国不识字的人仅达百分之十，国民的知识程度相差如此之远，想到以全民为基础的民国前途，很容易使人气馁。但是我们决不能因"气馁"而能为国家增加丝毫的进步，也只有抱定"尽我所有"的态度，一人的力量能做多少即做多少，一团体的力量能做多少即做多少，一种刊物的力量能做多少即做多少，"尽我所有"的往前干！干一分是一分！干两分是两分！前途怎样辽远，我们不管！要"尽我所有"的向前猛进！

感情

我们待人，金钱的势力有限，威势的势力也有限，最能深入最能持久的是感情的势力，深切恳挚的感情，是使人心悦诚服的根源。

我们的亲属，或是我们的挚友，其中若有不幸而离开人世的，我们不自禁其鼻酸心痛，悲哀涕哭；听见有一个不相识的路人在门口被汽车轧死，我们至多悯惜而已，决不至流出眼泪来。亲属挚友是人，路人也是人，然而或悲或不悲，不过一则有感情，一则无感情而已。

友人某君在某机关居于领袖的地位，他对于其中的职员，除公事外，对于各人的私事，各人家庭状况之困难情形，个人疾病之苦痛情形等等，都很关切，时常查询慰问，有可以帮忙的地方无不热诚帮忙，所以许多同事视他不仅是公事上一个领袖，也是精神上得着安慰的一个良友。

又有一个机关的领袖，他的学识经验都很使人佩服，但是我问起他机关里职员对于他的感想怎样，所得的答语是："我们对于他敬则有之，不过感情一点儿没有！"我追求其故，才知道这位领袖于公事之外，对于同事私人的事情，从来没有一个字问起。你就是告了几天病假，来的时候，他把公事交给你就是了，问都不问，慰问更不必说！依他那样的冷淡态度，你死了，他就以原来薪水另雇一人就是了，心里恐怕一点不觉得什么！所以替他做事的人，也不过想我每月拿你多少钱，全看钱的面上替你做多少事，如此而已，至于个人的感情方面，直等于零！

上面那两个机关，在平日太平的时候，也许看不出什么差异，一旦有了特别的事故来，如受外界的诱惑或内部的意见而闹风潮的时候，结果便大不同了。

我还有一位朋友在上海某机关服务，他是常州人，不幸生了病，回乡去卧了一个多月，他那个机关里的领袖三番五次的写信慰问他，叫他尽管静养，不要性急。他说当时捧读这种情意殷切的信，真觉得感慰交并，精神上大为舒服，简直可以说于医药之外，也是促他速愈的一个要素！

我们倘能平心静气从这类事实上体会，很可以看出待人的道理。我们平日待人的时候，很要在这种地方留神，也可以说是做人处世的一种道理。

静

  我们试冷眼观察国内外有学问的人，有担任大事业魄力的人，和富有经验的人，富有修养的人，总有一个共同的德性，便是"静"。我们试细心体会，可以看出一个人的学问、魄力、经验、修养等等的程度，往往和他们所有的"静"的程度成正比例。

  静的精神之表现于外者，当然以态度言词最为显著。我们只要看见气盛而色浮，便见所得之浅，邃养之人，安详沉静，我们只要见他面色不浮，眼光不乱，便知道他胸中静定，非久养不能。

  我们试看善于演说，或演说有经验的人，他的态度非常沉静安定，立在演台上的时候，身体并不十分摇动，就是手势略有动作，也是很自然的。惟其态度能如此之安定自然，所以听众也感觉得精神安定，聚其注意于他的演辞。初学演说或演说毫无经验的人，往往以为在演台上要活泼，于是摇手动脚，甚至于跑来跑去，使听众的眼光分散，注意难于集中，真所谓"弄巧成拙"！

  做领袖的人，静的精神之表现于态度者尤为重要，遇着重要事故或意外事故时，常人先要惊慌纷乱，举止失措，做领袖的便要绝对的镇定，方可镇定人心，不至火上添油，越弄越糟。不必说什么机关的领袖，就是做任何会议的一时主席，也须要具有"静"的精神的人上去，才能胜任愉快。

  "静"的精神之可贵，不但关系外表，脑子要冷静，然后思想才能够明澈缜密。有了这种冷静的脑子，用来研究学问，才不至受古人所愚，才不至受今人所欺，以理智为分析判断之准绳，有了这种冷静的脑子，用来应事应人，才能应付得当，不受欺蒙。有了这种冷静的脑子，用来立身处世，才能不为外撼，不为物移，才能不致一人誉之而喜，一人毁之而忧，才做得到得意时不放肆，失意时不烦恼，因为有了这种冷静的脑子，胸中有主，然后不为外移。

昔贤吕心吾先生曾经说过："君子处事，主之以镇静有主之心。"又说："干天下大事，非气不济，然气欲藏不欲露，欲抑不欲扬，掀天揭地事业，不动声色，不惊耳目，做得停停妥妥，此为第一妙手。"这几句话很可以说出静的妙用来。但是我们所主张的"静"是积极的，不是消极的；是要向前做的，不是袖手好闲的。例如比足球的时候，守球门的人多么手敏眼快，但是心里是要十分冷静的，苟一心慌意乱，敌方的球到眼前还要帮助敌方挥进自己的门里去！我们是要以静为动之母，不是不动。关于这一点，吕心吾先生还有几句很可以使我们受用的话，我现在就引来做本文的结束："处天下事只消得'安详'二字，虽兵贵神速，也须从此二字做去。然安详非迟缓之谓也，从容详审，养奋发于凝定之中耳。是故不闲则不忙，不逸则不劳。若先急缓，则后必急遽，是事之殃也，十行九悔，岂得谓之安详？"

高兴

　　咱们孔老夫子有个最得意的门生，《论语》里说他"一箪食，一瓢饮，在陋巷，人不堪其忧，回也不改其乐"。这位颜先生并非因为没菜吃，住在破烂的房子，做了这样的一个"穷措大"而不快乐。他所以还能那样高兴，是因为他对于所学实在津津有味，所以虽穷而不觉得。虽然穷得"人不堪其忧"，而他因为有心里所酷爱的学问在那里研究得实在有趣，所以仍是一团高兴。这段纪事并不是鼓励人做穷人，是暗示我们总要寻出自己所高兴学的，所高兴做的事情，高高兴兴地去学，高高兴兴地去做。

　　发明大家爱迪生幼年穷苦的时候，就喜欢作科学的实验。他十几岁在火车上作小工的时候，有一天藏在火车里预备实验用的玻璃瓶偶因震动倒了下来，硝镪水倒了满处，给管车的人狠狠地打了两个耳光，把他一搂，丢到火车的外面去！他虽这样的吃了两个苦耳光，到老耳朵被他弄聋，但是他对于科学的实验还是很高兴的继续的干去，不因此而抛弃，因为这原是他所高兴学的所高兴做的事情。

　　这样的"高兴"精神，是最可宝贵的东西：我们倘能各人寻出自己所高兴学的所高学做的事情，朝着这个方向往前做去，把所学的所做的事，好像和自己合而为一，这真是一生莫大的幸福。所以做父母师长的人要常常留意考察子女学生的特长和特殊的兴趣，就此方面指导他们，培养他们；做青年的人要常常细心默察自己的特长和特殊的兴趣，就此方面去准备修养；就是成年，就是在社会上的人，也要常常注意自己的特长和特殊的兴趣，就此方面继续的准备修养，寻觅相当机会，尽量的发展，各尽天赋，期收最大限度的效率。

和"高兴"精神相反的就是"弗高兴"，表面上虽在那里做，而心里实在"弗高兴"，心里既然"弗高兴"，当然只觉其苦而不觉其乐。《国策》里说"苏秦读书欲睡，引锥自刺其股，流血至踝！"历来传为佳话，许多人称他勤苦求学的可嘉！我以为这样求学并不是因为他高兴求学而求学，并不是因为他觉得求学中有乐处而求学，乃是把求学当做"敲门砖"，当一件苦事做，所以这位老苏只不过造成一只"瞎三话四"的嘴巴，用来骗得一时的富贵，并求不出什么真学问来。我们以为求学就该在求学中寻乐趣，否则无论他的股刺了多深，血流了多少，我们却一点不觉得可贵，反而认为是戆徒的行为！

"高兴"精神之所以可贵，因为它是由心坎中出发的，不是虚荣和金钱以及其他的享用所能勉强造成的。在下朋友里面有某君现在从事一种高尚专门的新式职业，闻名于社会，进款也不少，出入乘着的是自备的汽车，住的是括括叫的洋房，在别人看来，总觉得他"呒啥"了。但是我有一天和他谈起他的职业，才知道他对于所做的事情并不喜欢，而且觉得讨厌，要想拼命的赚几个钱之后改做别的事情。我觉得他在物质的享用上虽"呒啥"，而精神上的抑郁牢骚，充满"弗高兴"的质素，竟不觉得有什么做人的乐趣！我心里暗想，这位朋友真远不及箪食瓢饮住在陋巷的穷措大颜老夫子的快乐。为什么缘故？因为一个"高兴"一个"弗高兴"！做到了高兴做的事情，就是箪食瓢饮住陋巷还能高兴；做"弗高兴"做的事情，就是洋房汽车还只是"弗高兴"！

高兴的精神固然可贵，但是倘若趋入歧途，也很尴尬！上海有著名律师某君高兴于嫖，虽他的夫人防备之严有如防盗，他还是一团高兴的偷嫖。他虽十分的惧内，但是惧内的效用竟不能损他高兴的分毫，他的夫人一不提防，他就一溜烟地溜出去了！他所乘的是自己的汽车，一到了窑子的门口，总叫他的汽车夫把空车开到远远的一个地方停着，以免瞩目——他夫人的目。恰巧有一天他和一位"白相朋友"到某大旅馆开一个房间，正在征妓取乐，不料密中一疏，竟任汽车停在那个旅馆的门口。他的夫人忽然心血来潮，到他事务所来"检查"，寻不着他，于是立即乘着一部黄包车，在几条马路上大兜其圈子，实行其"巡查"，寻觅她丈夫的汽车。也算这位大律师触霉头，她凑巧寻到那个旅馆门口时，看见自己汽车的号数赫然在目。当时在汽车里正打瞌睡的汽车夫阿四，于朦胧之际忽见"太太"来了，知道"路道弗对"，便装作不知道主人到哪里去了。这位"太太"哪肯罢休，睁圆了眼睛，一把抓住阿四，大声吓道："你不说出来，明朝停你的生意！"阿四想"停生意弗是生意经"，只得老实告诉她。于是这位发冲眦裂的"太太"三步作两步走，奔入那个房间，好像霹雳一声，把那位大律师抓了出来，立刻赏给两个结结实实的响脆耳光！那位陪伴的朋友看见来势汹汹，三十六着，走为上着，一溜烟地躲而且逃！这位大律师虽经过这一场恶剧，他现在对于嫖还是一团高兴，还是东溜西溜的偷出去。爱迪生的不怕吃耳光，吃了耳光还要高兴，终成了一个有贡献于全世界人类的科学发明家；这位大律师的不怕吃耳光，吃了耳光还要高兴，也许终至倾家荡产，弄得一塌糊涂！

还有一点，我们也要注意的，就是具有特别天才的人，如上面所说的颜回和爱迪生之流，他们的高兴精神也许开始就有。至于比较平常的人，往往要先用一番努力的工夫，做到相当的程度，才找得出兴趣来，所以努力也是不可少的。不过在努力的进程中，一面努力，一面逐渐的有进步，同时即于逐渐的进步中增加高兴的精神，也就是于努力之中有快乐，不像苏秦那样刺着股，流着淋漓的血，强做那样"弗高兴"的事情！

两看的比较

　　书我所欲也，电影亦我所欲也，二者常可得兼，这倒是我自己的一件幸事。依区区的经验，看书和看电影很有可以比较的地方：

　　我们在看电影之前，往往先要看看报上各家影戏院的广告，但是有时广告上的戏目虽很动人，你真的跑去一看，却"呒啥好看"，甚至"一塌糊涂"，高兴而往，败兴而返，于是乎颇觉得报上的广告靠不住。在下大概只于星期日下午有暇看看电影，星期日西文报纸有电影特刊，对各片内容都有较详的说明，我其先也作为参考，但他们因广告营业关系，对各戏院不得不敷衍，篇篇说明都是说好，一律的都好，便寻不出好坏的真相来，也没有什么信用。犹之乎一个朋友，你和他商量事情，你这样他说好，你那样他也说好，唯唯诺诺无所不好，这样便是一位等于没有脑子的朋友，于你是丝毫没有益处的。于是我只有另辟途径，寻出比较可恃的两法，一是认定几个可看的"明星"，是我所信任的某某几个明星主演的，大概总不至如何使我失望；二是有些欣赏程度大概相同而说话又靠得住的朋友先去看过，对我说很可以看看，我知道他尝试过了，便放心去看，大概也不至上当，因为要上当的已经被他捷足先上了，我便可以不必再蹈覆辙。（以上所说是指美国影片，国产电影至今引不起我的兴趣。）

　　讲到看书，也有相类的地方。有的时候，广告上所公布的书名未尝不引起我们购买之心，尤其是大播大鼓的登大广告，某名人题签啊，某要人作序啊，说得天花乱坠，更易动人，你真的去买一本看看，也许内容大糟而特糟，你虽大呼晦气，但是腰包却已经挖过了。你要先看看各报上的书评吗？往往就是坏的也都是好的，也令人无从捉摸，因为有许多是应酬书业机关或著作人的。（《新月》月刊里的《书报春秋》却是有声有色，是一个例外，但是每期因限于篇幅，批评的本数当然还不够满足我们的"读书欲"。）西文的书籍，就是一本很寻常的教科书，你在序文里就可以看出，大都经过好几位有学问的人的校阅，校订，或指正的，著者特于序末志谢，可见他们对于读者很负责任。我国的著作大家好像个个都是大好老，大都是很能独立的著述，用不着请教人的，横竖倒霉的是读者，你买的时候他的大著总已印好出版，只要能出版发售，什么事他都可以不管了，至于翻译的作品，妙的更多，译者对于原书似乎可以不必有彻底的了解，对于这门学术似乎更不必有过深切的研究，只须拿起笔，翻开字典，逐句的呆译下去，看了就译，译了就印，印了就卖，卖了就令读者倒霉！所以像我这样经不起白挖腰包任意挥霍的读者也只得用看电影的方法：认定几个比较可靠的作者（倒不一定是名人），或常请教可靠的朋友介绍介绍。当然，出了一个新角色，无论是明星，或是译著家，有时我也要做初次的尝试，但如果尝试一次上了当，以后便不敢再请教。这样看来，以著述问世的人，不对读者负责似乎是仅害了读者，其实还是害了自己，因为他好像一与世人见面，就把自己嘴巴乱打了一阵，将来的信用一毁无余了。

消极中的积极

　　据在下近来体验所得，深觉我们倘能体会"消极中的积极"之意味，一方面能给我们以大无畏的精神和勇往迈进的勇气，一方面能使我们永远不至自满，永远不至发生骄矜的观念。孔老夫子是我国历史上的一位伟人，他视富贵如浮云，是何等的消极！据他的一位很刚强的弟子子路说，他明明是"道之不行，已知之矣"，又是何等的消极！但是他却不赞成当时长沮和桀溺（均与孔子同时的隐者）一流人的行为。他自三十五岁起由鲁国往齐国，周游列国，仍冀于无可为之中而或可获得多少的结果，一直奔到六十八岁才回到鲁国。孟子说他"三月无君则皇皇然"，则又何等的积极！

　　无论何人不能不承认孙中山先生是我国近代史上的一位伟人，据他自述："虽身当百难之冲，为举世所非笑唾骂，一败再败，而犹冒险猛进者，仍未敢望革命排满事业能及吾身而成者也。"以孙先生的眼光与魄力，在当时还是"未敢望革命排满事业能及吾身而成"，其消极为何如？但是"未敢望"尽管"未敢望"，却能于"一败再败"之余"而犹冒险猛进"，其积极又何如？

　　以"道之不行，已知之矣"为背景，以"未敢望及吾身而成"为背景，可以说是以消极为背景，以消极为背景的积极进取，不知有所谓失望，不知有所谓失败，（因为失望和失败都早在预期之中）本为常例，不是为例外。世之不敢进取者无非怕失望，无非怕失败，以消极为背景的积极进取既不怕什么失望，也不怕什么失败，则明知向前进取尚有上面所谓"例外"者可得，坐而不动则永在上面所谓"常例"者之中，两相比较，还是以进取为得计。况且进取即不幸，至多如未进取时之一无所获，则本为消极的意料中所固有，静以顺受，无所怨忿。所以我说"消极中的积极"能给我们以大无畏的精神和勇往迈进的勇气，只有不怕失望不怕失败的人才有大无畏和勇往迈进的精神。

我个人对于人生就以消极为背景，我深信有了以消极为背景的人生观，然后对于事业才能彻底的积极干去。我记得陈畏垒先生在他所做的《人生如游历的旅客》一文里有这样的几句："我们此地不能讨论到世界的原始和宇宙的终极，但是我们每一个小我的人生，所谓'上寿百年'，年寿上是有限制的，古人说'视死如归'，虽没有说归于何处，而大地上物质不灭的原则是推不翻的，我们不必问灵魂的有无，我们可以说我们最后的归宿便是形体气质——仍归于所自生的世界。宗教家言所谓来处来，去处去，我们要改为来处来，还从来处去。承认了这一个前提，那么我们自少而壮而老这一段生存的时间，岂不是和'旅行'没有两样？"我完全和他表同情，我所以对于人生以消极为背景，也是因为感觉"每一个小我的人生"在"年寿上是有限制的"，"我们最后归宿"都不免"形体气质——仍归于所自生的世界"。有了这样的感觉，我们便应该明澈的了解：我们所能做的事只有竭尽我们的能力，利用我们的机会和"生存的时间"，能力社会或人群做到哪里算哪里，决用不着存什么"把持"或"包办"的念头。再说得明白些，有一天给我做，我就欣欣然聚精会神的干去，明天不给我做，也不心灰，也不意冷。为什么呢？因为我想得穿了，我横竖要"仍归于所自生的世界"，我只能有一日做一日，有得做便做，没得做便找些别的做，我做了三十年四十年，或做了数天数年，在人类千万年的历史上有什么差异？如能给我多做几年或几十年，只要我做得好，在此有得做的时期内，已有人受到我的多少好处，做到没得做的时候，要滚便滚。有了这样的态度，便能常做坦荡荡的君子，不至常做长戚戚的小人，不但失望失败丝毫不足以攫吾心，就是立刻死了（奋斗到死，不是自寻短见的死），也不算什么一回事。

反过来想，就是有些成就，以我们在"年寿上是有限制的""一个小我的人生"，其所作为在人类千万年历史上的事功里，所占地位之微细或犹不及沧海之一粟，只有尽我有涯之生向着无穷尽的路上前进，做多少算多少，有何足以自傲之处？所以我说"消极中的积极"能使我们永远不至自满，永远不至发生骄矜的观念，因为只有能把眼光放得远的人才能"矫首望八荒，乾坤一何大，安荣无遽欣，患难无遽戚"。（曾文正《不求》诗中语。）

明哲保身的遗毒

　　富有阅历经验的老前辈，对于出远门的子弟常叮咛训诲，说你在轮船上或火车上，如看见有窃贼或扒手正在那儿偷窃别个乘客的东西，你不但不可声张，并且要赶紧把眼睛往旁急转，装作未曾看见的样子，免他对你怀恨。这样几句很平常的寥寥"训话"，很可以表示传统观念遗下来的"明哲保身"的精神。有了这种精神浸润充盈于大多数国民的心理，于是大多数国民便只知有身，不知有正义公道，不知有血气心肝，不知有国，不知有民族。所以当八国联军攻破京津时，顺民旗随处高悬；当联军占据北京时，该处绅士至请联军统帅瓦德西大看其戏，优礼迎迓；当天津尚在八国联军手里，该地绅士居然歌功颂德，鼓乐喧天的恭送匾额给德国将帅。所为者何：亦不外乎明哲保身而已矣！

　　对外存着这种明哲保身的态度，简直只要这条狗命可得忍辱含垢活着，国家尽管受侮，民族尽管受辱，都可以淡然置之，泰然安之，因为这种人所求者只不过明哲保身而已矣！对内存着这种明哲保身的态度，贪官污吏尽管横行，武人祸国尽管内乱，做国民的却尽管袖手旁观，各人只要一时苟延残喘，什么话都不敢说，什么意见都不敢提了。发了财的舆论机关，号称民众口舌，只要极简单的做几句模棱两可不着边际不痛不痒的社论或时评，所沾沾自喜者，每年老板可有二十万三十万的赢余下腰包，以不冒风险为主旨，拆穿西洋镜，亦不过明哲保身而已矣！

　　全国对内对外大家受着明哲保身的遗毒，以只顾自己一条狗命的苟延残喘为唯一宗旨，于是结果如何？在内则纵任少数人之倒行逆施，斫伤国脉，兵匪遍地，民不聊生，死于天灾者动辄以数百万人计，死于兵祸者动辄以数十万人计，这种死路都是大家但求明哲保身之所赐！在外仅就近事言，济南之变，白受日人惨杀的中国国民几何人？这种死路至少也是大多数国民对内对外人人但求明哲保身所直接间接酿成的惨剧！最近上海由中国人开的大光明戏院开演侮辱中华民族的有声电影《不怕死》，洪深先生激于义愤，当场对观众演说。该院总经理中国人高镜清先生先则唆使其所雇西人经理加以侮辱殴打，继则传唤其所恃西捕老爷加以拘捕管押，大概高先生也是深明中国人明哲保身的心理，自信很有把握，初不料洪先生却不是一个谙于明哲保身道理的人！我并觉得我国不谙明哲保身的人太少了，所以引起上面所说的一大拖感触，以为做今日内忧外患的中国人，应该人人养成不怕死的精神，为主持正谊公道，为力争国家民族的荣誉生存，就是一死也心甘意愿。其实做今日的中国人已经生不如死，就是这样的死去，反可以救救以后未死将死的许多惨苦同胞。我们要人人铲除明哲保身的遗毒，要把自己个人的生命看得轻，所属民族的荣存看得重，否则生不如死，何贵乎生？

　　历史上杀身成仁慷慨赴义的志士先烈，他们心性里最缺乏的成分是明哲保身的遗毒，最充分的是不怕死的精神——为主持正谊公道，为力争国家民族的荣誉生存不惜一死的精神。我国人受明哲保身的遗毒太多了，四万五千万国民里面具有这种不怕死的精神者能渐渐增加若干人，即中国起死回生的希望能渐渐增加若干程度。

不堪设想的官化

　　近有一天在友人宴席间遇着上海银行界某君，听他谈起官化的乌烟瘴气，又引起我来说几句不中听的话。

　　这位某君也者，原是上海银行界里一个红人儿，最近被任为不久即可开幕的官商合办性质的某银行的总经理。这个银行本拟国立的，已有了什么筹备处，堂哉皇哉官办的银行筹备处难免有一个大优点，就是官化！官化的最大优点是安插冗员，养成婢颜奴膝一呼百诺吃饭拿钱不必做事的好风气。最近这个正在筹备中的银行招了若干商股，变成官商合办的性质。在招商股的时候，因为官的信用太好了，恐怕商人不信任而不肯投资，乃用拉夫手段把某君拉去做一个开台戏的跳加官。某君被拉之后，跑到官办的筹备处去瞧瞧，但见一切筹而未备，却用了许多冗员，不但冗员而已，并用了几十个冗茶房（即仆役），冗的空气总算不薄，既是够得上"冗"字的美名，当然没有什么事干，不过一大堆的奔走唱诺而已。某君想不办则已，要办只得将官办的筹备处和要办的银行划开，他不管筹备处，只管依照银行的严格办法，另行组织起来。有许多冗员来见他，做出做官的样子，俯首垂手弯背，有椅不敢坐，开口总理，闭口总理，无论何事，不管是非，总是唯唯喏喏连答几个"是"字。这在做惯了官、摆惯了臭架子的官僚，当然听了像上海人所谓"窝心"（适意也），不过这位不识抬举的某君却只重办事的真效率，听了那样娇滴滴的柔声反而觉得刺耳怪难过！看了那样百媚横生的姿态反而觉得触眼怪难受！还有许多人拿着要人的荐条，某君一概不看，有的竟说是部长叫他来见的，某君老实不客气地说这里用人是以办事能力为标准，部长和这里是没有关系的。他几日来天天要抽出大部分的时间来见客，都是要这样对付一班阔人背后的饭桶，简直好像和他们宣战！有所不为而后有为。某君原有他自己的银行事业，对于那个银行的总经理可干可不干，所以不为官化毒气所包围，那个银行的前途有些希望，也许就在这一点。

由官化的人物主持的官化的机关，好像霉了的水果，没有不溃烂的。无论何事，由这种人办起来，公款是不妨滥支的，私人是不妨滥用的，至于办事的效率却是他脑袋里始终连影子都不曾有过的东西。

忘名

　　"三代下惟恐不好名"，一个人知道好名，他便要顾到清议，想到舆论，不敢肆无忌惮，不要脸的人当然更是不要名的人，所以好名原来不是一件什么坏的事情，有的时候也许是一种很有效的兴奋剂，督促着人们向正当的路上前进。所以我们对于好名的人，并不要劝他们一定要把好名心去掉，不过要劝他们彻底明白"名者，实之宾也"，要"实至名归"的名才靠得住。像因发现"相对论"而名震寰宇的德国科学家爱因斯坦，他的名是实实在在的有了空前的发现，引起科学界的钦服，才有这样的结果，并不是由他自己凭空瞎吹出来的。你看据他的夫人说，他生平是极怕出风头的，极怕有人替他作广告的，甚至有人把他的相片登在报上，他见了竟因此不舒服了两天。可见他的名是他的确有实际的事业之自然而然的附属产物，并不是虚名，在他当初原无所容心。惟其有"实"做基础的"名"，才有荣誉之可言；若是有名无"实"的"名"，别人依你的"名"而要求你的"实"，你既然是本无所谓"实"，当然终有拆穿的时候，于是不但享不着什么荣誉，最后的结果，只有使你难堪得无地自容的"丑"。俗语谦词有所谓"献丑"，不肯务"实"而急急于窃盗虚声的人，便是拼命替自己准备"献丑"，这是何苦来！

　　我们并不劝好名的人不要好名，只希望好名的人能在"实"字上用工夫，既如上述，但是照我个人愚妄之见，一个人要享受胸次浩大的愉快心境，要不为"患得患失"的愁虑所围困，则热衷好名远不如太上忘名。

　　我们试彻底想一想看，"名"除了能满足我们的虚荣心外，有多大的好处？我常以为我们各个人的价值是在能各就天赋的特长分途对人群做相当的贡献，做各尽所能的贡献，我有一分实际能力，干我一分能力所能干的事，我有十分实际能力，干我十分能力所能干的事。有了大名，不见得便把我所仅有的一分能力加到十分，没有大名，不见得便把我所原有的十分能力缩到一分。我但知尽我心力的干去，多么坦夷自在，何必常把与实际工作无甚关系的名来扰动吾心？

美国著名飞行家林德伯格因飞渡大西洋的伟绩而名益噪，乃至他随便到何处，都有新闻记者张望着，追询着，甚至他和他的新夫人度蜜月，都要千方百计的瞒着社会，暗中进行，以避烦扰。这是大名给他的好处！

美国前总统现任大理院院长的塔夫脱，最近因为生了病，动身到加拿大去养病。他原已病得走不大动，坐在一个有轮的靠椅上，用一个人推到火车站去预备上火车。他既是所谓名人，虽在养病怕烦之中，仍有许多新闻记者及摄影者包围着大摄其影，虽然经他再三拒绝，还是不免，他临时气急了，勉强跑出了椅子，往火车上钻，一面摇着手叫他们不要跟上。这也是大名给他的好处！

我们做无名小卒的人，度蜜月也好，养病也好，享着自由自己不觉得，谁感觉到他们的许多不便利？

身前的名对于我们的本身已没有什么增损，身后的名则又如何？杜甫梦李白诗里说"千秋万岁名，寂寞身后事"，死后是否有知，我们未曾死过的人既无从知道，又何必斤斤于"寂寞"的"身后事"？况且身后的名，于我们的本身又有什么增损？例如生在二千四百七十二年前的孔老夫子，他自有他的价值，他生时自有他的贡献，后来许多帝王硬把他捧成"独尊"，现在有许多人硬要打倒他，或誉或毁，纷纷扰扰，他在死中是否知道？于他本身又有什么增损？

蔡子民先生有两句诗说："纵留万古名何用？但求霎那心太平。"我觉得可玩味。我们倘能问心无愧，尽我心力对社会有所贡献，此心便很太平，别人知道不知道，满不在乎！有了这样的态度，便享受得到胸怀浩大的愉快心境，便不至为"患得患失"的愁虑所围困，所以我说热衷好名远不如太上忘名。

信用

　　一个人的信用可丧失于一朝一夕一事一语，但培养信用却在平日之日积月累，而不能以一蹴儿，故欲凭空一旦取人信用是不可能的事情。明乎此点，则欲求人之信用而不注意于平日自己之言行者实为莫大之愚妄。其次则信用须由"实行"获得，而非可藉"空言"窃取。嘴里尽管说得天花乱坠，像煞有介事，最初一次至多不过引人注意，然闻者注意之后即随之以事实上的推察，一次空言，令人怀疑，二次三次空言，则注意且不能唤起，更何有于信用？明乎此点，则欲求人之信用而仅以空言搪塞或敷衍者亦为莫大之愚妄。综述上意，信用之养成须经过相当的时期与确凿的事实。苟在所经过的时期与事实方面果有以取信于人，则人之予以信任乃自然的倾向，无所用其作态或自己挂在嘴巴上吹着，因为信用之为物必经过时期与事实之证明，不是摆在面孔上或挂在嘴巴上的东西。

　　人民对于执政当局的信用也有一样的途径。为政者在所经过的时期中与所经过的事实中，果能廉洁奉公，为国尽瘁，确无贪婪之行为，果无亲戚私党把持盘踞作威作福搜刮脂膏奢侈恣肆的迹象，使爱者痛心，仇人快意，则虽默而不言，人民的信用自在，否则虽言者谆谆，听者藐藐，所说的话都是白说的。这个时代虽似乎是专会埋怨别人的时代，但记者却以为须痛下一番反省的工夫。敌人不足畏，自己和自己的左右最可畏。信用是要由自己在经过的时期与经过的事实中造成的，有公开的事实与人以相见，敌人虽悍，无所施其技。

自觉与自贱

自觉心是进步之母，自贱心是堕落之源，故自觉心不可无，自贱心不可有。本期沧波君自英通讯，提起我国驻外的公使馆领事馆，有的连牌子都不愿挂，国旗都不愿悬，这种习惯是否已普及于我国驻外的外交机关，虽不可知，但有此事实之发现，已足引起国人的注意。我们试分析这种心理，实含有自己看不起自己的祖国，自己不愿做中国人的意味。试再作进一步心理上的分析，便知这是发生了自觉心以后的自贱心。以堂堂代表一国的外交官，乃具有这种自贱心，已属可痛，而依默察一般人所得，深恐这种变态的心理不仅限于所谓外交官也者。这种潜伏的祸根，苟非铲除净尽，则我们的民族前途实祸多而福少，进步减少希望而堕落的路愈跑愈远。

所谓自觉心，简言之，即自觉有何长处，便当极力保存而更发扬光大；自觉有何短处，便当极力避免而更奋发有为。自觉心所以能成为进步之母者，即在乎此；若自觉有所短而存着自贱的心理，便是自甘永居卑劣的地位，所得的结果是颓废，不是进步。

我国在此混乱时代，当然有许多不满人意的地方，我们所该努力的方向是要靠我们自己群策群力把不满意的地方使它变成满意，否则你尽管不愿做中国人，终究是中国人。不愿挂中国牌子不愿悬中国国旗的中国公使或领事，不见得就因此一跃而为其他什么特别出风头国家的大公使或大领事，不见得就因此可以获得别人的特殊尊重。想穿了这一点，我们自觉之后，只用得着自奋，用不着自贱。我们当光明磊落泰然坦然的做中国人，尽我们心力做肯求进步的中国人，无所用其自大，亦无所用其自贱。

能与为

　　"能其所为"与"为其所能"而能合并，在个人在社会都是莫大的幸事，初虽未能，肯学习而做到能，则由"为"而"能"，亦尚可有为，最下者虽"能"而不"为"，或不能而妄"为"。

　　一人事业上之成就与其能力为正比例。且自文明进步，分工愈精，则能力之专门化亦愈密，能于此者未必亦能于彼，故与事业之成就为正比例的能力，尚须注意其所专者是否适合于其所为。果有相当的能力，而此相当的能力又适合于所做的事业，其效率之增高，业务之发展，实意中事，在社会方面之兴盛繁荣，全恃此种事业获得此种人才。在个人方面之感觉兴味与愉快，亦全恃此种人才有机会尽心竭力于此种事业。此即所谓"能其所为"与"为其所能"合而为一。故有志于某种事业者，与其临渊羡鱼，毋宁退而结网，结网无他，即当对于此某业所需要之能力先加以充分的准备。昔人所谓"水到渠成"，所谓"左右逢源"，都是有了充分准备以后的亲切写真。能力之养成，常有待于实际应付问题与处理事务时之虚怀默察，及领悟窍诀，故"学"与"为"常可兼程并进，互有裨益。在此原则下，虽最初有所未能，或能而未精，只须肯存心学习，未尝不可由"为"而"能"，古今来有不少对社会有重大贡献的人物，虽未有领受正式教育之机会，而犹能利用其天赋，由困知勉行而卓然有所树立者，都是由这条路上走出来的。不过要走得上这条路，一下走不到康庄大道，必须不厌曲径小路之麻烦，换句话说，即勿因事小而不屑为，当知"百尺高楼从地起"，天下决无一蹴即成之事，亦未有一学即能之业，无不从一点一滴的知识经验积聚而成，若小事尚不能为，安见其能为大事？

尤可悯者为虽"能"而不"为"，一种事业所以能有特殊超卓的成绩，全恃从事者能以满腔热诚全副精力赴之。若因循苟且，敷衍暇逸，即有能力，无所表现，虽有能为之能，等于不能，虽有可能，永为不可能。这种毛病，不在相当知识之无有，实在良好品性之缺乏——尤其是服务的精神与忠于所业的态度，还有一个大病根，便是畏难。这种人仅见他人之成功，而不知他人之成功实经过无数次之失败，实尝过无数次之艰苦。常人但见成功之际之愉快，不见苦斗时代之紧张，但闻目前的欢声，岂知已往的慨叹？任何事业的成功史中必有一段伤心史，诚以艰苦困难实为成功必经的阶段，尤以创业者为甚，虽已有"能"，在创业时期中必须靠自己打出一条生路来，艰苦困难即此一条生路上必经之途径，一旦相遇，除迎头搏击外无他法，若畏缩退避，即等于自绝其前进。

不能而妄为，其为害超过于虽能而不为，盖一则消极的无所成而已，一则积极的闯祸。此类人既不屑学习，又不自量力，好虚荣而不顾实际，善大言而不知自惭，阻碍贤路，贻害社会，决无自省之日，徒有忮求之心，怨天尤人，永难觉悟。自知未能者尚可使其能，实际无能而自以为有能或甚至自以为有大能，轻举妄动，虽至失败而尚不知其致败之由，乃真无可救药。

呆气

　　我们寻常大概都知道敬重"勇气"和敬重"正气"。昔曾子谓子襄曰："子好勇乎？吾尝闻大勇于夫子矣：自反而不缩，虽褐宽博，吾不惴焉；自反而缩，虽千万人，吾往矣！"这是从理直气壮中所生出的勇气。孟子说："我善养吾浩然之气。"有人问他什么叫做浩然之气，他说："难言也，其为气也，至大至刚，以直养而无害，则塞于天地之间；其为气也，配义与道，无是，馁也。"这是天地间的浩然正气。但是我意以为非有几分呆气，勇气鼓不起来，正气亦将消散，因为"虽千万人，吾往矣"！非有几分呆气的人决不肯干；"以直养而无害"，亦非有几分呆气的人也不肯干。试想富贵不能淫，威武不能屈，贫贱不能移，不是呆气的十足表现吗？

　　研究任何学问，欲求造诣深邃者，也不可不有几分呆气。据传发现地心吸力学说的牛顿，有一天清晨正在潜思深究的有味当儿，他的女仆预把鸡蛋置小锅旁备他自煮作早餐，他一面沉思，一面把手上的一只表放入锅内滚水中大煮特煮，这不是呆气的表现吗？又据传说电学怪杰爱迪生结婚之日，与新夫人同车经过他的实验所，把夫人暂停在门外，自己跑进去取什么东西，不料进去之后，忘其所以，竟在一张桌上大做其实验，把夫人丢在外面许久，最后由新夫人进去找了出来，才一同回家去，这又不是呆气的表现吗？大概研究学问非研究到有了呆气的境域，钻得不深，求得不切，只有皮毛可得，彼科学家思创造一物，发现一理，当其在未创造未发现之前，人莫不讥为梦想，甚乃狂易，认为徒耗光阴，结果辽远，而彼科学家独能不顾讥笑，埋头研究，甚至废寝忘食，甘之如饴，非有几分呆气为后盾，岂能坚持得下去。

委身革命事业以拯救同胞为己任者，也不可不有几分呆气。彼革命志士，思为国家谋幸福，为人民除痛苦，而当其未达到谋幸福除痛苦之前，无一兵一卒之力，无弹丸凭藉之地。在他人见之，未尝非纸上谈兵，痴人说梦，认为必不可以实现，然卒以彼大革命家之规谋计划，冒万险，排万难，忍人之所不能忍，为人之所不敢为，刀斧不足以惧其心，穷困不足以移其志，置身家性命于度外，而登高一呼，万方响应，食然从风，固为万流景仰，但在流离颠沛之际，非有几分呆气为后盾，岂能坚持得下去？诚以凡事非有几分呆气来应付，处处只计及一己利害，事事顾虑前途得失，无丝毫之主见，无丝毫之冒险精神，迟疑不前，趑趄不进，永在彷徨歧路之间而已。

此外欲能忠于职务，亦非具有几分呆气不可。在办公室中但望公毕时间之速到，或手持公事而目注墙上所悬时计者，大概都是聪明朋友的把戏，事业交在这种人手上是永远办不好，这是可以保险的。因为他所缺乏的就是忠于职务视公务如己事的呆气。降而至于交友，也以具有几分呆气的朋友为靠得住。韩退之所慨叹的"士穷乃见节义"，朋友穷了，仍不忘其友谊，此事非有较高程度之呆气者不办！

我们寻常的心理，大概无不喜闻他人之誉我聪明，且亦时欲表现其聪明，又无不厌闻他人之称我为呆子，而并不愿自认为呆子。初不料呆气也有那么大的好处！

硬吞香蕉皮

　　重远先生偶然谈起从前吴俊陆（做过黑龙江省督办）吃香蕉皮的一桩笑话。当时东北对于外来的香蕉是不多见的，所以有许多人简直没有尝过，有一次吴氏到了沈阳，应几位官场朋友的请客，赴日本站松梅轩晚宴，席上有香蕉，他破题儿第一遭遇见，不费思索的随便拿了一根连皮吃下去，等一会儿，看见同座的客人却是先把皮剥掉然后吃，他知道自己吃法错了，但却不愿意认错，赶紧自打圆场，装着十二分正经的面孔说道："诸位文人，无事不文质彬彬的，我向来吃香蕉就是连皮吃下去的！"一时传为笑柄。其实错了就老实自己承认，倒是精神安泰的事情，文过饰非是最苦痛的勾当。世上像吴氏这样硬吞香蕉皮还振振有词的虽不多见，但明知错了不肯认错，还要心劳日拙的想出种种方法来替自己掩饰，甚至把规劝他的人恨得切齿不忘，这种心理似乎是很为普遍。这种人穷则独害其身，达则兼害天下！因为他所能接近的全是胁肩谄笑的奸佞小人，所最不能容的是强谏力争的正人君子。

　　听说最近被刺的军阀张宗昌生平有三不主义，第一是不知道他自己的"兵"有多少，第二是不知道他自己的"钱"有多少，第三是不知道他自己的"姨"有多少。所谓"姨"者便是姨太太。据北平传讯，他的棺材运到北平车站的时候，"内眷未进站，挂孝少妇约十六七辈，含泪坐灵棚下，柩至，乃依次出拜，伏地号陶而呼曰：'天乎！天乎！'十余人异口同声，亦复一阵凄绝，一时哀乐呜呜，与嘤嘤啜泣之呼天声相间杂少妇装束一致，丧服之内，露其灰色长衫，衫或绸或布，发多剪，留者仅二三人，除'五太太'外，最长者亦不过二十五六，最年轻有正在破瓜年纪者，然丧容满面，亦皆憔悴不堪"。这里面有一点颇可注意者，这一大堆供作玩物的可怜虫大有舍不得她们所处境地的样子，在旁人觉得她们原有境地的可怜，在她们似乎还觉得不能保持原有境地之为可怜，换句话说，她们似乎情愿忍受。其实我们如作进一步的看法，在这样的社会制度和经济制度之下，她们都是不知自主也无力自主的若干寄生虫而已，说不上什么情愿不情愿。

不相干的帽子

在如今的时代，倘若有人有意害你的话，最简易而巧妙的办法，是不管你平日的实际言行怎样，只要随便硬把一个犯禁的什么派或什么党的帽子戴到你的头上来，便很容易达到他所渴望的目的。因为这样一来，他可以希望你犯着"危害民国紧急治罪法"第几条，轻些可以判你一个无期徒刑，以便和你"久违""久违"，重些大可结果你的一条性命，那就更爽快干净了。

记者办理本刊向采独立的精神，个人也从未戴过任何党派的帽子。但是近来竟有人不顾事实，硬把和我不相干的帽子戴到我的头上来。有的说是"国家主义派"，读者某君由广州寄来一份当地的某报，里面说"你只要看东北事变发生后，《生活》周刊对于抗日救国的文章做得那样的热烈，便知道它的国家主义派的色彩是怎样的浓厚！"原来提倡了抗日救国，便是"国家主义派"的证据！那只有步武郑孝胥、谢介石、赵欣伯、熙洽诸公之后，才得免于罪戾！

不久有一位朋友从首都来，很惊慌地告诉我，有人说我加入了什么"左倾作家"，我听了肉麻得冷了半截！我配称为什么"作家"！"左倾作家"又是多么时髦的名词！一右就右到"国家主义派"，一左就左到"左倾作家"，可谓"左"之"右"之，任意所之！如说反对私人资本主义，提倡社会主义，便是"左"，那末中山先生在"民生主义"里讲"平均地权"，讲"节制资本"，讲"民生主义就是社会主义"，何尝不"左"？其实我不管什么叫"左"，什么叫"右"，只知道就大多数民众的立场，有所主张，有所建议，有所批评而已。

最近又有一位读者报告给我一个更离奇的消息，说有人诬陷我在组织什么"劳动社会党"，又说"简称宣劳"，并说中央已密令严查。这种传闻之说，记者当然未敢轻信，甚至疑为捕风捉影之谈。这种冠冕堂皇的名称，我梦都没有梦见过，居然还有什么"简称"！我实在自愧没有这样的力量，也没有这样的资格。

有一天有一位朋友给我看，某报载张君劢等在北平组织国家社会党，说我"已口头答应加入"。那位记者不知在哪里听见，可惜我自己这个一点不聋的耳朵却从未听见过！我们在小说里常看见有所谓"三头六臂"，就是有三个头颅，也难于同时戴上这许多帽子，况且区区所受诸母胎者就只这一个独一无二的头颅，大有应接不暇之势，实觉辜负了热心戴帽在鄙人头上者的一番盛意！

根据自己的信仰而加入合于自己理想的政治集团，原是光明磊落的事情，这其中不必即含有什么侮辱的意义。不过我确未加入任何政治集团，既是一桩事实，也用不着说谎。我现在只以中华民族一分子的资格主持本刊，尽其微薄的能力，为民族前途努力，想不致便犯了什么非砍脑袋不可的罪名吧。要十分客气万分殷勤硬把不相干的帽子戴到区区这个头上来，当然不是我个人值得这样的优待，大不该的是以我的浅陋，竟蒙读者不弃，最初每期二三千份的《生活》，现在居然每期达十余万份（这里面实含着不少同事的辛苦和不少为本刊撰述的朋友的脑汁，决不是我一人的努力）。虽夹在外国每期数百万份的刊物里还是好像小巫之见大巫，毫不足道，而在国内似乎已不免有人看不过，乘着患难的时候，大做下井落石的工夫，非替它（《生活》）送终不可。而在他们看来，送终的最巧妙的方法莫过于硬把我这个不识相的家伙推入一个染缸里去染得一身的颜色，最好是染得出红色，因为这样便稳有吃卫生丸的资格，再不然，黄色也好，这样一来，不幸为我所主持的刊物，便非有色彩不可，便可使它关门大吉了。我的态度是一息尚存，还是要干，干到不能再干算数，决不屈服。我认为挫折磨难是锻炼意志增加能力的好机会，讲到这一点，我还要对千方百计诬陷我者表示无限的谢意！

平等机会的教育

　　教育的定义，简单地说起来，可以说是帮助人经营社会生活的一种手段。社会生活随着不同的社会而差异，所以教育的内容也随着不同的社会而变换。换句话说，教育不是能凭空生长，独立存在的，却是要受制于政治的和经济的制度，而为某种政治的经济的社会之副产物，某种政治的经济的社会形态之反映。倘非一国的政治经济有办法，教育自身实在没有彻底解决的可能。本文关于教育上的建议，是指在政治经济已上轨道后，按照中国实际需要所应实施的方策。我们所希望造成的社会里，生产以社会的必要为目标，消费以满足各人的需要为原则，就是生产不以买卖赚钱为目的，消费以人人满足为理想，也就是大家劳动，大家消费，没有榨取和被榨取的阶级，而为共动共乐的社会。

　　在这种共动共乐的社会里，教育上至少要注意这三个原则：

　　第一，教育制度是统一的。在不平等的社会里面，教育制度往往分成两截。在榨取的方面，他们的教育材料内容，以专供支配者的方便为主，准备未来榨取上需要的知识能力。在被榨取的方面，不是完全被摈于这种教育制度之外，便是被授以欺骗的教育，专学准备受人榨取的基本知识能力。在平等的社会里面则不然，教育制度是统一的，无所谓什么双轨制以限制人受教育的机会，教育是人人都得一样的享受，是人人都当一样的享受。

　　第二，教育不是少数有钱的人的专有品。在不平等的社会里，惟有最少数有钱的或比较有钱的人才得享受教育的利益，最大多数的劳苦大众都被摈于学校教育之外。据（民国）18 年 10 月底教育部所发表的统计，中国全国学龄儿童的数量共有四千三百三十万余人，已得入学的只有六百四十一万余人，失学的学龄儿童竟达三千七百十七万余人之多！此外如文盲之多，如不能升学者之多，都表示教育为少数有钱的人所专有。在平等的社会里，入学者不必纳费，应由政府负责。

第三，教育既是给予特殊劳动力的一种手段，便应该是和劳动相联系的。在不平等的社会里，一方面养成所谓"劳心者"，一方面养成所谓"劳力者"。在政治上，"劳心者"和"劳力者"便成为支配和隶属的关系；在教育上，便造成"学问"和"劳动"之背道而驰。在平等的社会里，大家都须劳动，大家即就劳动上所需要的知能，加以研求，故所谓学问是大家共享的。和劳动是彼此相联系的，和劳动分家的教育是贵族化的教育，是拥护支配阶级的教育，不是平等的社会里所需要的。以上是三个基本的原则，此外关于学校组织方面还有几点可以扼要的说一下。

（一）学龄前的教育即须受严重的注意——即托儿所及幼稚园教育。托儿所以收容生后二月的乳儿至三岁为止的婴儿为原则。在这里面，当然以婴儿的身体养育及健全发达为主要目的。由女医生主持，这些女医生同时也就是儿童学的研究者。托儿所之设，因为促进婴儿生物学的合理的发展及健康的维持与增进上所必要。而且在妇女职业的进展方面亦甚重要，因为在平等的社会里，工作既为人人必尽的责任，从事工作的妇女在上工时便可把婴儿付给托儿所，下工时可以领回。同时并成为妇女的职业，从事此业的妇女，可依她们专门的研究，为社会服务。

幼稚园收容四岁至七岁的儿童，接着在托儿所所建的基础之上，继续发展健全的体格，注意游戏和音乐的指导，并在幼稚园的作业和游戏生活里，一面引起儿童爱好自然研究自然的兴趣，一面依各个年龄而使受社会的组织之训练，培养群众合作的精神。

（二）在幼稚园以上的学校，我们主张根本废除现在所谓小学中学大学的名称，应把学校分为三级，第一级称基本学校，注重一般民众的基本教育，收容八岁至十四岁的儿童；第二级称产业或劳动学校，注重产业教育，收容十五岁至十七岁的青年；第三级称学术院及专门学校，则为二十岁以上（即十七岁从产业学校毕业后服务二年以上者），愿受深邃及更专门教育者而设。

（三）基本学校及生产学校均为强迫教育。基本学校内授与自然科学及社会科学的基本知识，读写本国文字，实用计算，培养对于民族全体所应有的忠通精神。产业学校须一扫现在中学好像杂货店的不合实用的科目，集中精力于各种产业上的基本知识（社会及自然科学）及产业上特殊的实用知识与技能。各产业学校设于各种产业的中心地点，渐增其实地的工作和经验。

（四）学术教育机关的中心不是教室而是大规模的图书馆及试验室，在专家指导之下做自动的研究。由各种产业学校毕业后服务二年以上者，得由考试，或经服务机关负责的介绍，由专司此事之机关认为合格后，送入学术院或专门学校更求深造，期限二年至六年，各依职业种类而定。学术研究纯以增加服务社会效率及对人群贡献为职志。学术院注重更精深之研究，备特具发明天才者尽量发展之地，由国家供养，俾得尽展其天才，以益社会。

此外如师范教育之扩充，文盲之扫除，成人补习教育之推广，亦应限期推行期收实效。

总之，从前的教育不过为少数人骗得功名利禄的敲门砖，今后的教育当顾到全民族的全体人民的幸福，一方面要藉教育提高全体国民的生产力，一方面要藉教育训练全体民众具有接收真正全民政治的能力。

思想犯罪

　　据日本文部省调查，去年度日本全国学生因思想犯罪而被处分的事件，计一百四十八件，被处分人数计八百六十二人，打破以前之纪录，就中高等学校占五十一件，四百十名，为总数之百分之五十，至本年度学生因思想左倾而犯罪者仍有增加。去年既打破以前之纪录，今年又仍有增加，统计表上的这条曲线大概总是向上高而不会往下低的了。

　　禽兽能否说得上有思想，我们虽不得而知，自诩为万物之灵的圆颅方趾的人类，所以异于禽兽的，至少是特富于思想，似乎是一个很重要的特点，舍禽兽而比较人类，人的智愚差异，思想当然也是很重要的特点。这样说起来，思想原是可以珍贵的东西，方培养之不暇，何以目为"犯罪"而"被处分"呢？这里面的缘故，在如今最时髦的罪名是"左倾"。如果你服从"中庸"之道，看见"朱门酒肉臭，路有冻死骨"一类的不平的事实，只当你未曾生了两只眼睛，或虽无法把眼遮蔽而下幸看见了，只认为那"朱门"里面的那些"吃人"的人是几生修到，而那"路"上的那些"屈死"是罪有应得，除此以外，一点不动天君，那是最合于明哲保身的三昧，什么毛病都不会出！否则这是"左倾"思想的发源地，便不免"犯罪"，便不免"被处分"了！压迫"左倾"思想的人们，只注意于"左倾"思想，而不注意于"左倾"思想的发源地，不知这种发源地一日存在，由这里发源的"左倾"思想即无法消灭，这种发源地愈凄惨愈扩大，"左倾"思想亦必随着激进而广播。我们姑不谈思想方面的什么高深理论，且请睁睁眼睛看看当前的事实。在我国历史上，压迫思想的模范人物殆莫善于焚书坑儒的秦始皇。他自以为这样便可稳得"关中之固，金城千里，子孙帝王万世之业也"，但终因为"父老苦秦苛法久矣"，瞬息亡于斩木揭竿之手，很可以做不顾事实但知制造"思想犯罪"者的参考资料。

四 P 要诀

　　据说在美国对于人的观察，很通行所谓四 P 要诀。第一个 P 是 Personality，译中文为"人格"；第二 P 为 Principle，可译为"原则"或"主义"；第三 P 为 Programme，可译为"进行程序"或"计划"；第四 P 为 Practicability，可译为"可以实行"或"可行"。原文这四个字都有 P 字为首，故称四 P。就是说要观察人，第一要注意他的"人格"怎样，第二要注意他的"主义"怎样，第三要注意他的有无"计划"或怎样，第四要注意他的计划是否"可行"。他们以为对人能仔细考察他的四 P，思过半矣。

　　不过我们倘略加研究，便觉得所谓"人格"，人人看法不同。在统治者看来，往往觉得奴性并无背于人格；在革命者看来，和罪恶妥协都是人格的破产。从前认女子殉夫或上门守节是女子的无上的好人格，现在却不值得识者之一笑。这样看来，所谓"人格"，还该需要一种新标准。我以为人格的新标准，应以对社会全体生活有何影响为中心，对于社会全体生活有利的便是好的，对于社会全体生活有害的便是坏的。例如压迫者榨取者之欢迎"奴性"，是要利用多数人以供少数人享用的工具，这于全体生活是有害无利，是很显然的，关于第二 P 的"主义"，也可以这同样的标准做测量的尺度。

　　第三 P 和第四 P 合起来讲，有了"计划"还要"可行"，这便是说计划要能对准现实，作对症下药的实施，不是徒唱高调的玩意儿。但是有时"计划"之"可行"，虽为识见深远者所预见，往往为眼光浅短者所无从了解，嚣然以高调相识，为积极进行中的莫大障碍。在这种情况之下，便靠实有真知灼见者之力排众议，以坚毅的精神，和困难做殊死战。等到成绩显然，水落石出，盲目的反对或阻碍有如沸汤灌雪，立见消融。所以第四 P 的辨别判断，尤恃有超卓的识见，对于现实须具有丰富缜密的观察。

怎样看书

"自修有许多的困难，这是实在的。但这些困难并不是不能克服的。第一，我们要有决心。学校的功课，即使它不是我们所高兴研究的，但我们怕考试不能及格，致不能升级或毕业不得不勉强读它；至于自修，是没有这种外界的推动力的，是完全出于自动的努力，然而自动的努力所求得的知识，才是我们自己的知识，才能长久的保存着。为要通过考试而读的书，考试一过去，就忘得干干净净了！因受教师之督促而读的书，一离开了学校，就完全抛弃了！只有为自己和出于自己的努力的，才能永续地研究下去。"

这一段话是在《怎样研究新兴社会科学》（柯百年编）一书里面看见的，这似乎是平淡无奇的话，但凡是在社会上服务后感觉到知识上的饥荒的人，对于这几句话想来没有不引起特殊感触的。我们感觉到知识上的饥荒吗，只有下决心，自动地努力于自修，永续地研究下去。一天如至少能勉强抽出时间看一小时的书，普通每小时能看二十页，一年便可看完三四百页一本的书二十几本，四五年便是百余本了，倘能勉强抽出两小时，那就要加倍了。记者最近正在编译《革命文豪高尔基》一书，全书约十五万字。已写完了三分之二，其中最令我感动的是高尔基艰苦备尝中的无孔不钻的看书热，我执笔时常独自一人对着他的故事失笑。

不过看书也要辨别什么书，有的书不但不能使人的思想进步，反而使人思想落伍！有位老友从美国一个著名大学留学回来，他是专研政治学的，有一次来看我很诧异地说道："我近来看到一两本书，里面的理想和见解完全是另一套，和我在学校里所读的完全两样，真是新奇已极！"原来这位仁兄从前所读的都不外乎是为资产阶级捧场或拥护不平等的社会制度的学说，受了充分的麻醉，他的这种"诧异"和"新奇已极"，未尝不是他的幸运，他也许从此可从狗洞里逃出来！

此外关于看书这件事，还有两点可以谈谈。第一点是以我国出版界之幼稚贫乏，能看西文原书的当然愉快，如看译本，糟的实在太多，往往书目很好听，买来看了半天，佶屈聱牙，生吞活剥，莫名其妙！钱是冤花了，时间精神更受了无法追回的莫大的损失，我们要诚恳的希望译书的先生们稍稍为读书的人设身处地想想，就是不能使人看了感到愉快，感到读书之乐，至少也要让人看得懂。第二点是在这个言论思想自由的空调尽管唱得响彻云霄的年头儿，看书也有犯罪的可能，常语谓"书中自有颜如玉"，如今"书中"大可引出"铁窗风味"来！什么时候没有这种蛮不讲理的举动，便是什么时候望见了社会的曙光。

新闻记者

　　刚在上段论到一位因职务关系而送掉一条性命的新闻记者（刘君平日为人如何，我这个脑袋暂得保全的记者虽不深悉，但他此次丧身，既为"副刊"文字遭殃，无论有无其他陷害的内幕，他总可算是因职务而牺牲了），联想到关于新闻记者方面，还有一些意思可提出来谈谈。

　　前几天报上载着一个电讯，据说"波斯京城《古希士报》总主笔，日前以波斯王将其某侍卫大臣免职，特致电于波斯王，称贺其处置之得宜，满拟得王之嘉许，不意波王得电后，大为震怒，以一区区报馆主笔竟敢与一国君主谈论国事，遂罚彼为宫前清道夫云"。以报馆总主笔罚充宫前清道夫，这位"波王"也许是善于提倡"幽默"的一位人物。虽则那位"总主笔""满拟得王之嘉许"，一肚子怀着不高明的念头，辱不足恤，但是"以一区区报馆主笔竟敢与一国君主谈论国事"一句话，却颇足以代表一般所谓统治者的心理。他们以为只须新闻记者能受操纵，能驯服如绵羊，便可水波不兴，清风徐来，多么舒服，其实新闻纸上的议论，不过是社会心理的一种反映，它的力量就在乎能代表当前大众的意志和要求。社会何以有如此这般的心理？大众何以有如此这般的意志和要求？这后面的原因如不寻觅出来，作根本的解决，尽管把全国的言论都变成千篇一律的应声虫，"水波不兴"的下面必将有狂澜怒涛奔临，"清风徐来"的后面必将有暴风疾雨到来！

　　固然，各种事业有光明的方面，往往难免也有黑暗的方面，如上面所引的"满拟得王之嘉许"的那位总主笔，便是咎由自取。不过报纸的权威并非出于主笔自身的魔术，乃全在能代表大众的意志和要求，脱离大众立场而图私利的报纸，即等于自杀报纸所以能得到权威的唯一生命，那便不打而自倒了。

漫笔

　　记者近在编译《革命文豪高尔基》一书，看到列宁对于党内信仰摇动的分子之坚决的不肯迁就不肯妥协的精神，受着很深的感动。先是社会民主党分裂而为两派，一为朴列哈诺夫所领导的孟什维克派，一为列宁所领导的布尔什维克派。高尔基很想设法把这两派团结起来，使全党的力量不致分散，而得着更大的力量。极力主张列宁和孟什维克派的麦托夫等开一会议，商量办法，列宁竟坚决地拒绝，甚至于说他宁愿分尸四段，不愿和这班人妥协。虽麦托夫讥笑他，说在俄国只有两个布尔什维克党人，一是柯尔郎推，一是列宁自己，但他只付之一笑，丝毫不为之游移。后来在布尔什维克党的自身，又有博达诺夫等一派人又以意见不合，分裂为"前进派"，高尔基又积极设法使他们重新结合，又被列宁严词拒绝，连高尔基都被他责备一番！后来事实上是列宁看准了，孟什维克和前进派一班人都在理论上立不住，渐渐地退到暗淡无光的角落里去了。

　　理论彻底，策略准确，然后以排除万难坚定不移的勇气和精神向前干去，必有成功的一日。即最初同志尽少，这种坚如金硬如铁的同志，一个可抵十个百个，内在的力量是异常伟大的。这是我所得到的最深刻的感想。糊里糊涂地干着，像垃圾马车，一样地兼收并蓄，即一时好像轰轰烈烈，终必以虚伪的或盲目的信仰，被投机分子的尽量利用，徒然成为以主义为幌子，以私利为中心的一团乌合之众！

　　但是坚定不移的态度，必须出于理论上的彻底看清，策略上的彻底看准，然后才能在惊风骇浪中，拿定着舵，虽千转百折，仍朝着正确的方向前进，才终有达到彼岸的时候。否则自己糊涂，还要强人也糊涂，这便是刚愎自用，结果反足以偾事，此即所谓差以毫厘，谬以千里了。

废话

　　"最爱说废话的，要数一般要人，天天充满报纸的，大都是他们的废话——谈话、演讲、通电、宣言等等——他们的目的，无非为出风头，表白自己，敷衍人民，攻讦仇敌，或其他私图。所说出的话尽管表面满漂亮——多数是笨的——然而全非由衷之言，令人一见而知其是空虚的，所以不但不能动人，反而使人肉麻。"这是一位先生最近在《独立评论》上《中国的废话阶级》一文里说的几句话。办日报的朋友们最苦痛的大概莫过于天天要把这类"全非由衷""使人肉麻"的废话，恭而敬之的记着登载出来，替他们做欺骗民众的工具。

　　"对日抵抗决心，始终一贯"，"抗日大计已早经决定"，这已成为要人们的口头禅了，这一种好像呕出心血说的话，在充满了苦衷的要人们经常怪"阿斗"们不知体谅，殊不知这个症结所在实际不是"阿斗"们的过于愚蠢，却在今天放弃一地，明天又放弃一地的事实摆在面前，胜败原是兵家常事，本不能即作为是非的标准，也不能作为决心是否始终一贯和大计是否早经决定的测量器。不过在"准备反攻"和"防务巩固"等话头闹得震天价响的当儿，事实上的表现却是"新阵地"源源而来（所谓"新阵地"者，即每放弃一地之后，退到后面一地的好名称），非"安全退出"，便是打什么"退兵战"！（这些都是最近报上战讯专电中新出现的新战术名词。）所谓"决心"，所谓"大计"，非废话又是什么呢？话的废不废，最好的证明是拿事实来做证据。我们只须把报上所遇见的要人们的话和事实比较一下，便知道废话之多得可观!

　　说废话的人也许沾沾自喜，以为得计，其实废话和空头支票是难兄难弟。空头支票所能产生的结果是信用破产，废话所能产生的结果也并不能达到说话人所希望的目的——欺骗得过——唯一的结果也只是信用破产。俗语所谓"心劳日拙"，实可用以奉赠最爱说废话的要人先生们。

统治者的笨拙

　　19 世纪末的俄国，在青年里所潜伏着的革命种子已有随处爆发的紧张形势，而当时统治者的横暴残酷，也处处推促革命狂潮的奔临。

　　"到了 19 世纪的末了，形势一天一天的愈益紧张了。1897 年，有一个大学女生名叫玛利亚（Maria Vetrova），被拘囚于彼得保罗炮台，在该处她在神秘的情况中自杀。当道对于她的死，严守了十六天的秘密，然后才通知她的家属，说她将火油倒在自己身上，把她自己烧死。大家都疑心这个女生的死是由于强奸和强暴而送命的，这件事变更为学生界愤怒的导火线。"（见《革命文豪高尔基》第十八章"革命的前夕"）

　　俄国革命便由统治者在这样压迫青年自掘坟墓中酝酿起来。其实这种惨酷的现象，不仅当时的俄国为然，世界上黑暗的国家，统治者对于革命的男女青年的摧残蹂躏，也一样的惨酷，不但惨酷而已，而且还要用极卑鄙恶劣的手段，造作种种蜚语，横加侮辱，以自掩饰其罪恶。这种手段当然是极端笨拙愚蠢的，因为略明事理及知道事实的人决不会受其欺骗，在统治者自身，徒然暴露其心慌意乱，倒行逆施，增加大众的愤怒和痛恨罢了。

领导权

　　近来常听见有人提起"领导权"这个名词，也常听见有人说某某或某派要抢领导权云云，好像领导权是可由少数人任意操纵，或私相授受似的。这种人的心目中所认为领导权，只想到领导者，只知道有立于领导地位的少数个人，把大众抛到九霄云外！于是他们便存着一个很大的错误观念，以为领导权是从少数人出发，大众只是受这少数人所"领导"。随着这个错误的观念，他们又有着一个很大的误解，常常慨叹于中国大众的没有力量，梦想着好像可以忽然从天空中掉下来的"领袖"，然后由这个"全知万能""生而知之"的"领袖"来"领导"大众，以为大众只配受这样高高在上和大众隔离的"领袖"所领导！

　　其实领导权在表面上似乎是领导着大众，而在骨子里却是受大众所领导，大众才是领导权所从来的真正的根源。我在莫斯科时细看他们的革命博物馆，看到革命进程中每一个运动的事实的表现，都觉得领导中心之所以伟大，全在乎能和当时大众的要求呼应着打成一片。换句话说，领导中心是受着大众的领导，也只有受着大众领导的中心才能成其为领导中心。

　　谁都不能否认列宁和他的一群是苏联革命的领导中心。他在 1917 年发动革命时所提出的标语是土地、面包、和平。当时克伦斯基政府无力应付经济危机，仍和协约国进行帝国主义争夺的战争，对于民生的艰苦，农民土地问题的急切待决，都毫不顾及。而列宁在当时所提出的三大主张：土地归农民，工厂归工人，不参加帝国主义的战争，恰恰反映着当时大众的迫切要求，接着主张"一切权力属于苏维埃",又是达到这三大主张的唯一途径。列宁在当时能根据大众的真正要求和可以达到这真正要求的途径努力干去,这不是很显然地是受着大众所领导吗?这不是很显然地表示他的领导权不是和大众隔离而是发源于大众的吗?所以在表面上列宁和他一群似乎是在那里领导着大众向着正确的路线前进,而在骨子里却是他和他的一群受着大众的要求所领导而向前迈进着。他的伟大是在于他能认清大众的要求和用来达到大众要求所必由的正确路线,并不是离开大众而能凭着什么领导权而干出来的。而且在他认清大众的要求和用来达到大众要求所必由的正确的路线后,也还要靠着大众自身的共同奋起斗争的力量而才能获得成功的,并不是抛开大众的力量而能由少数人孤独着干得好的。其实果然能依着大众的要求而努力的,决不会得不到大众的共同奋斗的力量。怕大众力量抬头,用种种方法压迫大众力量的抬头,正足以证明这些人为的是他们自己和他们的一群的利益,所以提防大众如防家贼似的!和大众既立于相反的地位,摧残蹂躏大众之不暇,还说得上什么领导大众呢?果要领导大众吗?必须受大众的领导!

个人的美德

有一位老前辈在某机关里办事，因为他的事务忙，那机关里替他备了一辆汽车，任他使用。有一天他对我说，他想念到中国有许多苦人，在饿寒中过可怜的日子，觉得非常难过，已把汽车取消，不再乘坐了。我问他什么用意，他说改造社会，要以身作则。他这样做是要把自己的俭苦来感化别人的，我说我很怀疑这种"感化"的实效究竟有多少，因为许多"苦人"根本就坐不起汽车，用不着你去感化，至于上海滩上的富翁阔少，买办官僚，决不会因为你老不坐汽车，他们也把汽车取消。就是我这样出门只能乘乘电车，或有的地方没有电车可乘，因为要赶快，不得不忍心坐上把人当牛马的黄包车，也无法领略你老的"感化"作用，他听了没有话说。

就一般说，这位老前辈算是有着他的个人的美德，但他要想把这"个人的美德"的"感化"作用来"改造社会"，便发生我在上面所说的困难了。他真正要想改造社会，便应该努力促成一种社会环境，使白坐汽车的剥削者群无法存在，劳苦大众在需要时都有汽车可坐，这才是根本的办法。但是这种合理的社会环境是要靠集体的力量实际斗争得来的，决不是由像"取消汽车，不再乘坐"的"个人的美德"所能"感化"而造成的。

有人羡称列宁从革命时代到他握着政权以后，只有着一件陈旧破烂的呢大衣，连一件新大衣都没有，叹为绝无仅有的个人的美德，好像要想学列宁的人只须学他始终穿着一件破旧的大衣便行！其实列宁并非有意穿上一件破旧的大衣来"感化"什么人，他的伟大是在能领导大众为着大众革命，在努力革命中忘却了自己的衣服享用，恰恰是无意中始终穿着一件破旧的大衣。倘若不注意他为解放大众所积极进行的工作，而仅仅有意于什么个人美德的感化作用，那就等于上面那位老前辈的感化论了。无疑地，列宁决不是要提倡穿着破旧的大衣，他所领导的革命成功之后，劳苦大众不但无须穿着破旧的大衣，而且因社会主义建设的着着成功，大家还都得穿上新的好的大衣！我在德国的时候，听见有人不绝口地称赞希特勒的俭德，说他薪俸都不要，把它归还到国库里。我觉得他的重要任务是所行的政策能否解决德国人民的经济问题，是否有益于德国的大众，倒不在乎他个人的薪俸的收下或归还。老实说，像我们全靠一些薪俸来养家活命的人们，便无从领受这样"个人的美德"的"感化"。

我们的意思，当然不是反对个人的美德，更不是说奢侈贪污之有裨于社会，不过鉴于有一班人夸大"个人的美德"对于改造社会的效用，反而忽略或有意模糊对于改造现实所需要的积极的斗争。

民众的要求

　　民众所要求的是真正的彻底的抗敌救国，但怎样知道是真正的彻底的抗敌救国呢？至少有两个条件：一个是开放民众的救国运动，还有一个是在救国目的未达到以前，绝对没有妥协的余地。

　　民族解放运动的最后胜利不是仅靠军事所能获得的。两个侵略国的掠夺战争和被侵略国对于侵略国的抗战，是不能相提并论的，主要的异点是前者偏重军事的对抗力量，后者却靠一致拼死自救的策略。因为这个缘故，被侵略国的基本力量是在军事和民众的力量打成一片。所谓军事和民众的力量打成一片，却有特殊的意义，不可忽视的。遇着全国民众所托命的国家民族临到极危殆的时候，大家为着救死而共同团结起来努力奋斗，这是自发的必然的运动，在握有政权、军权者诚然也志在真正出全力为垂危的国家民族争取最后一线的生机，和民众救国运动所奔赴的目标是同一的，这两方面便自然地会打成一片。在这种的形势之下，当局者不但不怕民众救国运动，而且渴求民众救国运动的自动勃发，和军事的力量相辅相成。因为这个缘故，所以民众救国运动的解放，是真正的彻底的抗敌救国的第一块试金石、第一个象征。在民众方面，诚然要实现真正的彻底的抗敌救国，第一步必须争取民众救国运动的自由权。抗敌救国是最伟大的，也是最艰苦的事业，需要坚决久持百折不回的努力奋斗，这固然是不消说的。但是为什么要坚决久持百折不回的努力奋斗？为的当然不是任何个人或任何集团的利益，却是要使得全国民众所托命的国家民族获得自由平等的地位，在这个目的未达到以前，不应该妥协。这理由是很显然的，真正的目的既在抗敌救国，在敌未退而国未救以前，为着什么要妥协呢？所以是否真正的彻底的抗敌救国，要看是否中途妥协。中途决不妥协，那才是真为着抗敌救国而迈进，否则便表示另有其他的动机，这可说是第二块试金石。

常听到有人发生疑问：某某在心里是要抗敌救国吧？某某在动机上是另有问题吧？无可捉摸的心，无形可见的动机，诚然无法加以评判，但是事实上的表现却是有凭有据的客观材料。注意客观事实的进展，应用这两块试金石，正确的评判不是不可能的。

理论和实践的统一

理论和实践是统一的，总是分不开的。换句话说，一个人所承认的理论和他的行为之间有必然的关系。这并不是说一个人的实践不会和他的理论发生矛盾，却是说倘若这两面有了矛盾，必有一个理由，而这个理由却是和实践有着密切关系的。最简明的例子是说谎，倘若我说我未曾做某事，而在实际上我却做了，那末我的理论和行动之间显然便发生了矛盾。但是为什么有这样的矛盾？这里面便有着它的理由，而这个理由却是和他的实践有着密切关系的，不是理论的。任何有意的说谎，总有一个为什么要这样说谎的实际的理由。有的时候，说谎是出于无意的，说出的话不但欺骗了别人，同时也欺骗了自己，通常叫做"自欺"。"自欺"当然不是出于有意或心里知道，却是由于不知不觉中受着自己成见的影响，受着潜伏着真正的动机所影响，这种毛病，常人是很容易犯的。例如我们常常可以看到人们对于他们所本来讨厌的人，评判得特别苛刻。他们自己以为在说老实话，而在旁观者清的我们，却知道他们的偏见是受着他们对于这个人的厌恶心理所影响，而他们的这个厌恶心理却是有着实际的理由，不是理论的。所以理论和实践的联系并不是说理论和实践总是能彼此融合的，却是说这两面有着必然的关系，倘若这两方面发生矛盾的时候，必然都着实际的理由，换句话说，理论常为实践所决定。

这样看来，一个人自己在嘴巴上承认的所信仰的东西，未见得就是真正信仰的东西，甚至有许多人自己还莫名其妙，不觉得自己是在欺骗自己！但是遇着这样的情形，我们怎样能判断这个人究竟真正信仰什么呢？我们不能根据他所说的或是他所想的，必须观察他在行动上所表现的是什么。我们如看见任何人的行动和他所自认的信仰矛盾，便立刻可以判断他并非真正信仰他所自认的原则。你如要知道他真正信仰什么，你必须研究他的行动上的表现，不能仅靠研究他说些什么或想些什么。

这个原则似乎是很简单明了，人人可以同意的。但是我们如把这个基本原则应用于实际，便有很重要的意义。例如我们对于任何政党，或任何集团，或任何个人，不能仅看了他们嘴巴上所承认的党纲或理想，便相信它是正确的，必须坚持地把他们所自认的理论和他们在行动上的表现比较比较。你如果要知道一个政党究竟代表了什么，你必须很不怕麻烦地仔细研究它在行动上的表现究竟是什么。例如有自命什么主义的政党，我们仔细研究它在行动上的表现不但不能实现它所标榜的主义，而且是反而要阻碍这个主义的成功，那末我们便可断言这个政党不是这样主义的政党。不但如此，我们发现理论实践不符的时候，还要研究这里面所潜伏着的实际的理由。你并且可以发现这个实际的理由总是含着有欺骗的作用，无论是出于有意的，自觉的，或是出于无意的，不自觉的。因为决定这个政党的行动是有它的真正的动机，不是该党所承认的动机，无论这真正的动机是否主持该党者所自觉，但是对于一般人是具有欺骗的作用却是一样的。行动既然决定理论，我们要信任任何政党，我们所要注意的不是他们说要做什么，或想要做什么，却是在实际上他们做什么。不但我们对于任何政党要这样，对于任何集团或个人的观察，都应注意这基本的原则。

实践决定理论，真正的理论也有着领导行动的功用。所谓真正的动机，跟仅在表面上标榜着而实际上和实践不符的理论或动机不同，是指真有领导实际行动的理论或动机，虽则在行动者的本人有的是自觉，有的是不自觉的。倘若一个人不知道他的真正的动机所在，那末他的行动是盲目的，盲目的行动有着很大的危险性，因为理论是实践的眼睛。所以我们需要一个正确的理论来做行动的基础，同时要使实践和理论融合起来。

苦闷与认识

在现在的中国里，除汉奸卖国贼外，大概都不免在苦闷的气氛中。尤其是热情横溢的青年，他们特富于敏锐的感觉，纯洁的心情，每日展开报纸所看到的记载，尽是民族的敌人横行无忌，激进侵略的事实，悲愤的情绪，实有难于抑制之苦。想不干吧，做了中国人，逃不出中国的现实，你有眼睛，所看见的无法逃避中国的实况，你有耳朵，所听见的无法逃避中国的实况。要干吧，又苦于满地荆棘，不知道从何着手。这样处于不干不是，干又不得的苦境，当然要感到难于摆脱的苦闷。这种苦闷已普遍于一般人，尤以青年们为尤甚。

极端苦闷的结果，大概不外两途：一是由苦闷而更努力于寻觅出路，终于得到了出路；一是索性颓废，自暴自弃。当然，这里所谓寻觅出路，指的不是个人的出路，一则在现状下，整个民族没有出路，个人实在无法觅得出路；二则看到整个民族到了这样惨痛的境地，个人的出路也不是值得十分注意的问题，所以大家所注意的，都集中于怎样使整个民族可以得到出路。谈到这里，便要牵连到认识的问题，认识不正确、不清楚，还是要钻到苦闷的牛角尖里去。为什么？因为一个民族的出路，在时间上决不是一朝一夕所能完全达到的，在人力上也不是由一两人或少数人所能单独完成的。所以就是你看清了整个民族的出路，在目前，至多是你在工作上有了一个灯塔，知道向什么方向干去。在你干的历程中，还不知要经过多少的艰苦困难，要受到多少的磨折麻烦！你倘若经不起这样的艰苦困难，经不起这样的磨折麻烦，你根本就未曾认识这是在干的历程中必有的阶段，就要因此仍然感到苦闷，这是先要弄清楚的第一点。其次，民族解放的工作是要靠大众来参加共同奋斗，不是可以像"英雄主义"的幻想，可以由一两人或少数人一举手一投足之劳就可以成功的。所以我们的工作要注意于说服多数人，推动多数人来参加我们的阵线，这是需要很忍耐的，很坚毅的，很不怕烦的实际工作。倘若你未认识这是在干的历程中必有的阶段，也就要因此仍然感到苦闷。这是要弄清楚的第二点。最后，有些人希望在一种现成的理想的环境中干自己所要做的救国工作，以为非舍去原有的职业是无可为的，倘若得不到，又在苦闷上加上苦闷！其实这也是由于认识的错误。救国的工作是由各种各样工作配合而成的，各人应就各人的力量和境地，从现实做出发点去干的。倘若希望有个现成的理想的环境，那是只有到乌托邦去，那只有始终在苦闷的气氛中翻筋斗，交臂失去了许多可以干的机会，这是多么可惜的啊。

防家贼与民众运动

最近有朋友从山西来，谈起一件饶有趣味而值得我们严重注意的事情。据说山西当局在北方战事愈益严重之后，也感觉到动员民众伟大力量的重要，但是临到危急的时候，却不大"动"得起来，于是阎主任诧异为什么他干了二十年的"民众运动"，却得到这样的结果！他想起第八路军的先生们精于此道，特约几位来商量这件奇事。他对他们老实提出这个问题，并且老实说他"动员"几个月，只"动"了几百人，而前次未改编前的"八路军"一入山西，就带去了五千民众，这里面必然有什么秘诀！他们回答得太爽直了。他们老实告诉他，说他二十年来的"民众运动"，在实际上只是压迫民众的运动！他们说倘若他真要把民众动员动起，必须把压榨农民的苛税迅速减轻，把阻碍民众运动发展的种种事实消除，让民众积极发挥他们的自动性，他们当然要起劲起来的。

我的这篇随笔的标题把防家贼和民众运动联在一起，初看起来，似乎太不伦不类了，但是如果我们不有意忽视上面所说的那样严重的事实教训，对于这个标题应该不难得到相当的了解吧。我们防家贼，主要的目的是在时时刻刻提防他会妨碍我们自己的利益，要这两方面精诚合作，是很少希望的——倘若不是绝对不可能。被人当作家贼防的人，要他们真能参加合作的工作，就是他心里万分愿意，而牵掣于种种的束缚和障碍，要发挥他的自动性，共同起来努力奋发，在事实上是无法办到的。这样一来，往往有一批人钩心斗角于培植"防家贼"的"自己人"的势力，而实际无意作家贼而却被人当作家贼来防的人们，他们的精力也被消耗于人事的纠纷，对于真正救亡的工作而无法得到充分的效率。

山西的注意民众运动，一向是我们所常常听到的，但一旦临到危急的时候，民众应该有的伟大力量竟"动"不起来，可见我们要注重的民众运动不可以挂了一块招牌为已足，必须开展真正的民众运动，同时要把领导民众和防家贼分清楚。我们都要把少数人的利益抛开，大家的心目中只有整个民族的利益，这样才能达到精诚团结一致对外的目的。

同道相知

在十天以前，我就接到本栏编者谢六逸先生的一封拉稿的信，说"9月20日为敝报二周年纪念，拟恳惠撰短文一篇，刊于《言林》。"俗谚有句话叫做"同病相怜"，谢先生吉人天相，没有听说他有什么病，我也总算叨福健康，用不着"相怜"，可是讲到拉稿的编辑生涯，也许可说是"同道相知"。我记得在两年前谢先生一手创办《言林》的时候，承他不弃，就给我一封拉稿的信，我向来觉得脑子不大够用，总希望多吸收少发表，除在自己所干的刊物外，不敢在别处多噜苏。所以从未被他拉住。但是他最近被我拉了一下（谢先生替《抗战》3日刊第五号写了一篇很好的短文），没有几天，我就接到他反拉的信，我于惭愧之余，只得让他"抛玉引砖"一下了。（这是我依事实改的，不是抛砖引玉，请手民先生不要弄错。）

这些话似乎不免琐屑，但是我却津津乐道，因为今天是《立报》的二周年纪念，《言林》又为《立报》的一个很有成绩的部分，而谢先生一拉拉了整整两年而仍未放手，这可以说是《立报》所以成功的努力精神的象征，是值得我们提起的。时光过得真快，我这后生小子，不自觉地干了十五年的编辑。为着做了编辑，曾经亡命过；为着做了编辑，曾经坐过牢；为着做了编辑，始终不外是个穷光蛋，被靠我过活的家族埋怨得要命。但是我至今"乐此不疲"，自愿"老死此乡"。以我个人所经历的辛酸，根据"同道相知"的定律，我可以想象到《立报》诸先生的艰苦经营和谢六逸先生的苦心孤诣，愿在这一天写出这一点不成文的东西，竭诚表示我的敬意。

《狱中杂感》序

　　杜重远先生是一位精明干练的事业家，他一向不注重做文章，甚至不相信他自己能做文章。当我主持《生活》周刊笔政的时候，他为着抗敌救国运动，四方奔走呼号，我约他在工作余下的一些时间，偷闲替《生活》周刊写一些通讯，他总是很谦逊地推说不会写，后来经我再三催请，他才写一点。但是不鸣则已，一鸣惊人，我觉得他愈写愈好，他自己也越写越起劲。正是因为他富有实践的经验，不是为做文章而做文章，所以他的作品感人特别地深，使读者得到的益处特别地厚。

　　我深信读者诸君从这本书里可以看出杜先生是一个血性男子，我把杜先生视为我的最好的一个朋友，就因为他是一个血性男子。因为他是一个血性男子，所以他对于救国运动能始终不懈地向前干去；因为他是一个血性男子，所以他不但自己能那样干，并且能吸动许多人一同干去。

　　此外我知道杜先生的性格是嫉恶如仇，从善如流。他对于朋友们的意见，最能虚心倾听，一觉到你所说的是合于真理，他就慨然赞同，毫无成见。

　　我们希望杜先生为国努力，前途无量，这本书里所表现的只是他的未来事功的沧海之一粟罢了。

青衣行酒

　　小的时候看"纲鉴"，看到晋朝的怀帝被汉主刘聪所房，面颜称臣，称刘聪为陛下，"汉主聪谓帝曰：'卿昔为豫章王，朕与王武子造卿（'造'是访问的意思），卿赠朕拓弓银砚，卿颇记否？'帝曰：'臣安敢忘之？但恨尔日，不早识龙颜。'聪曰：'卿家骨肉，何相残如此！'帝曰：'大汉将应天受命，故为陛下自相驱除，此殆天意，非人事也'。"这不能不算是极尽委曲求全的能事了！但是刘聪还不够，"汉主聪宴群臣于光极殿，使帝著青衣行酒。庚珉、王隽等不胜悲愤，因号哭"。我们古时青衣是奴隶的标志，"青衣行酒"便是做着倒酒的奴隶，庚珉和王隽都是怀帝的旧臣，所以看到这样的惨状，禁不住号哭起来。结果这两位号哭的朋友固然被杀，就是甘为奴隶而不辞的怀帝仍然被杀。我小的时候虽朦里朦懂，当时看了这一段，小小心弦也被震动，感到莫名其妙的凄惨！

　　最近看到报上的消息，在华北日军进攻北平大演习的时候，遭难的老百姓流难失所，不堪设想，怀仁堂上却特设盛筵欢宴日军司令，"举杯为祝，众皆鼓掌"。并"殿以中西歌典"，这惨痛的现象，和上面所说的情形，不知道有什么两样！有朋友由华北来，谁都盛赞二十九军的爱国精神和宋哲元氏的处境困难，但认为非有全国整个的救国行动，华北在实际上是必然要全部沦亡的，尽管在名称上也许还存着多少的烟幕。

　　历史如果还有教训的话，晋朝的怀帝该是我们的前车之鉴吧！

悼王永德先生

在国难这样严重的时候，哭爱国青年王永德先生的死，实在增加我的无限的悲痛。

永德江苏常熟人，七岁进本乡的梅李小学，十二岁毕业，在原校补习两年，十五岁考进《生活》周刊社做练习生，（民国 18 年 10 月）他为人沉默厚重，常常不声不响地把所办的事做得妥妥帖帖。我最初只感觉到他的书法进步得很快，办事的能力一天天充实起来，不久我便出国视察，和他分别了两年多。在国外的时候，常常接到他的信，很惊异他的文笔和思想进步得那样快。去年我回国后创办《大众生活》周刊，请他襄助编辑，同时帮助一部分信件的事情。他办事非常认真负责，把《大众生活》的事情看作他自己的事情。同时他又不顾劳瘁地参加救国运动。我办《生活日报星期增刊》的时候，仍请他帮忙，我们总是共同工作到深夜。他在公余，自己不停地研究，该刊五号《怎样研究时事动态》一文，就是他做的。他不但办事得力，思想进步，写作的能力也有突飞的猛进。我最近请他帮杜重远先生编了《狱中杂感》一书。这本书我原答应做一篇序文，但是因为忙得不可开交，延搁又延搁，他常常催我，前几天才写好付印。本月 3 日听说他患伤寒症在仁济医院，我赶去看他的时候，他已不能认识我，我叫了好几声，他才在迷惘中知道是我。在那样的神志昏迷中，他第一句突然出口的便是"杜先生的书已出版了没有？"他在那样苦楚中还流露着这样负责的精神，我听着真心如刀割！

我随请一位西医好友去看他，据说他的病症虽很危险，脉息还好，还不无希望，不料竟于 11 月 9 日的早晨 5 点半钟去世。他死的时候才二十岁。人材培养不易，像王永德这样的人材，不是容易培养成功的，不幸这样短命，我不仅为私谊哭，实为社会哭。

人圈

　　有一个很知己的好友最近由西北回到上海来，我们知道那里是有着时时渴望"打回老家去"的东北军，他们里面有的新自东北出来的亲友，和我的这个好友谈起东北同胞惨遇的情形，最凄惨的是我们的民族敌人近来在东北各村里设有所谓"人圈"，把贫病交加的我们的苦同胞，拉到这个人圈里去喂猎狗！事实是这样：因为义勇军的各处潜伏，我们的民族敌人把小村一大片一大片的烧掉，穷苦的老百姓往村里逃，没有屋子住，餐风露宿，病了也没有医药，敌人便仿照猪圈或牛圈的办法，在荒地上用木椿围成大圈，里面放着饿狗，病得未死的人都被拉到里面去喂狗，夜里常可听到惨不忍闻的哀号！

　　我希望这惨呼的哀音能打动全国每一个爱国同胞的心弦！我希望全国同胞明白这种惨遇是每一个同胞和我们的子孙的命运，倘若我们还不一致团结起来挽救这个危亡的祖国。

小小缘起

　　这本《读书偶译》是撮译我在伦敦博物院图书馆里所写下的英文笔记的一部分。在看书的时候，遇着自己认为可供参考的地方，几句或几段，随手把它写下来，渐渐地不自觉地积下了不少。近来略加翻阅，撮出其中的一部分，随手把它译出来，在一些基本的观点方面，也许可供有意研究社会科学者的参考。

　　这只是一本漫笔式的译述，不是有系统的社会科学的书，但是也略为有一点贯串的线索。第一节可以算为简单的《导言》或《绪论》（其中偶有补充或纠正的地方，可参看译者的附注）；后面接着的是卡尔（马克思）的生平和理论，附带谈到他的思想所由来的黑格尔；再后的是恩格斯的生平和工作；再后的是伊里奇（列宁）的生平和思想。当然，这本书对于这些思想家的任何一个，都不能完全包括他们的一切，乃至某一部分的一切，只是撮述尤其值得我们注意的几个要点而已。

　　此外还有一点，这本书所撮译的，多为其他作家对于这几个思想家的解释，要作进一步的研究，还要细读他们自己的著作，本书不过是扼要的"发凡"罢了。先看了"发凡"的解释，对于进一步的研究也许不无小补。这是译者所希望能够贡献的一点微意。

　　每篇来源的原著书名，都附记在每篇的末了，以供参考。

威尔斯的几句话

最后关于这本书，我记起英国作家威尔斯（H. G. Wells）在他的名著《世界史纲》的《导言》里，这样提到他自己："这本书的作者（指威尔斯自己）由于他的天性和选择，都还够不上学问家所得的敬意，如同他远够不上得公爵的头衔一样。正因为他有这样的情形，使他能够使大众对历史感觉兴趣，而不致牺牲他的尊严和高贵，不致引起那些被公认的权威所易惹起的敌视的批评。——他能够不怕难为情地参考标准的著作和寻常可得的材料。"威尔斯的意思是说他是个小说家，原来不是历史家，不必顾到历史专家的架子，所以他不妨写这通俗的历史。威尔斯是世界的著名的作家（虽则他的关于政治的意见，我却未敢恭维），他的这本书是世界的名著。我无意把他来自比。我所以引这几句话，是在表明我更够不上什么学问家，我只是一个平凡的新闻记者，我所以要研究一些思想，是为着做新闻记者用的，更不怕"牺牲"什么"尊严和高贵"。或许有些朋友也和我一样地忙于自己的职业，要在百忙中浏览一些关于思想问题的材料，那末这本书也许还可以看看，此外倘若抱着什么奢望，那是要不免失望的。

韬奋记于江苏高院看守分所

被羁押六个月后的 1937 年 6 月 2 日下午

工作的大小

　　工作有没有大小的分别？就一般的观念说，工作似乎是有大小的分别。我们很容易想到大人物做大事，寻常人做小事。这种观念里面，也许含有个人的虚荣心的成分，虽则没有人肯这样坦白地承认。但是有的人要想做大事，不满意于做小事，不一定出于个人的虚荣心，也许是出于很好的动机，希望由此对于社会有较大的贡献。依他看起来，大事的贡献较大，小事的贡献较小，因为要对社会有较大的贡献，所以不愿做小事，只想做大事。这个动机当然是很可嘉的。我们当然希望社会上人人都有较大的贡献，于是对于能够有较大贡献于社会的人们，特别欢迎。

　　不过什么样的事可算做大？什么样的事只能算小？什么样的贡献可算做大？什么样的贡献只能算小？这却是所谓仁者见仁，智者见智，不易有一致的见解。

　　我们如在军界做事，就一般人看来，也许要觉得做大将是比做小卒的事大。但是我觉得做丢尽了脸的不抵抗的大将，眼巴巴地望着民族敌人今天把我们的民族生命割一刀，明天把我们的民族生命刺一枪，而不能尽一点军人卫国的天职，做这样的不要脸的大将，实在还不如做十九路军淞沪抗战时的一个小卒。在这样的场合，一个小卒的工作对于国家民族的贡献反而大，一个大将的贡献不但是小，而且等于零！

　　也许你要驳我，说对民族敌人不抵抗的不要脸的大将，当然是太不要脸，对国家民族不能有什么的贡献，这诚然是不错，但是如做了真能抗敌卫国的大将，那便有了较大的贡献了。这样看来，大将的工作仍然是比小卒的工作大，大将的贡献仍然是比小卒的贡献大。

我承认这话确有一部分的理由，不过我们要知道一个军队要能作战，倘若全军队都是大将，人人都做指挥官，这战事是无法进行的；反过来说，倘若全军队都是小卒，如同一盘散沙，没有人指挥或领导，那末这战事也是无法进行的。所以在抗敌卫国的大目标下，大将和小卒在与敌作战的军队里虽各有其机能，但是同有贡献于国家民族是一样的，在本质上，工作的大与小，贡献的大与小，原来就没有什么分别的。硬看做工作有大小，贡献有大小，这只是流俗的看法罢了。

宜于做大将的材料，我们赞成他做大将，宜于做小卒的材料，我们也赞成他做小卒。从本质上看来都没有什么大小高低之分，我们所要问的只是他们为着什么做。

从现实做出发点

　　"理想为事实之母"，这句话好像是很合于真理的，尤其是因为很耳熟的一句成语，我们往往不假思索地把它认为确切不变的真理。其实我们如仔细思量一番，便知道这句话有着语病，因为很容易使人误会，以为理想是可以超越现实而凭空虚构的，不想到自古以来任何大思想家的理想，都有他的现实的社会背景，都有事实之母，而不是凭空产生的。由事实产生的理想，再由这理想而影响到后来的事实，这诚然是谁也不能否认的，由这样的观点看去，说"理想为事实之母"，这句话原也讲得通，但是还不可忘却一个很重要的条件，那便是要在现实上运用这个理想，必须从现实做出发点，必须顾到当前的客观的事实，不是能够抛开你当前的现实而可以立刻或很顺利地实现你的理想。

　　哲学家的重要任务是要改变世界，而不是仅仅用种种方法解释世界。人类是能够改造历史的。所以我们要推动历史巨轮的前进，不可屈服于现实，必须负起改造现实的使命，但是要改造必须从现实做出发点，不能抛开现实而不顾，这是很显然的。例如你要改造一所屋子，你必须根据这所屋子的种种实际的情形设计，无论如何是不能抛开这所屋子而不顾的。

　　我们倘若能常常牢记着我们是要从现实做出发点，便不至犯近视病的苦闷，悲观，为艰苦所克服的等等流弊。

　　我们闭拢眼睛静思我们理想中的中国，尽管是怎样的自由平等，愉快安乐，但是你要实现这个理想，必须从现实的中国做出发点。现实的中国不能这样完全的，是有着许多可悲可痛的事实，是有着许多可耻可愤的事实，我们既明知现实的中国有着这种种的当前事实，又明知要改造中国必须从现实做出发点，便须准备和这种种事实相见，便须准备和种种事实斗争，这是意中事，是必然要遇着的；从事实做出发点的斗争，决不是没有阻碍的，有阻碍便必然地有困难，解决困难也必然要经过艰苦的历程，这是意中事，也必然要遇着的。其实中国如果是已像我们理想中的那样完全了，那就用不着我们来改造，改造时如没有阻碍，没有困难，那也用不着我们来斗争。倘若你一方面要改造中国，要排除阻碍，解决困难，一方面却因中国的糟而苦闷，悲观，怕见阻碍，怕遇困难，这不是自相矛盾吗？这矛盾所给与你的痛苦，是因为未曾注意要从现实做出发点！如果我们注意我们必须从现实做出发点，我们既不能像孙行者的摇身一变，脱离这个现实的世界，翻个筋斗到天空里去，那末我们只有向前干的一个态度，只有排除万难向前奋斗的一个态度。为什么呢？因为我们必须从现实做出发点，现实就根本是有缺憾的，必然是不完全的，必然是有着许多不满意的，甚至必然是有着许多事实令人痛心疾首的，我们既不能逃避现实，就不能逃避这种种，就只有设法来对付这种种。一个人或少数人来对付不够，就只有设法造成集体的力量来对付，现在有不少青年有志奋斗，但同时却有许多逃不出苦闷的圈子。苦闷是要消磨志气的（虽则在某一场合也可以推动奋斗），所以我们要注意，我们必然地要从现实做出发点。

论民族固有道德

　　中山先生在"民族主义"讲演里，分析忠、孝、仁、爱、信、义、和平，为中国民族固有道德。近来守土长官，封疆大吏，对于侵略者只会屈服退让，对于小百姓只会残虐剥削，早已把总理遗教，抛在九霄云外，惟有所谓民族固有道德，却到处在提倡着。北自北平，南至广州，当局提倡旧道德，提倡读经复古，可谓不遗余力。虽然旧道德不是一面挡箭牌，可以抵挡侵略国的枪刺炮弹，旧道德也不是一服续命汤，可以挽救军阀独夫的没落运命，这有眼前事实证明，但是孙先生所谓民族固有道德，却依然值得我们来详细研究一下。

　　民族固有道德，以"忠"列第一位。"忠"的最大意义是忠于国家，忠于民族。但是现在恰巧相反。我们民族中间，出卖国家民族的汉奸一天天增多。大的如郑孝胥，赵欣伯，殷汝耕，石友三等等，小的如华北和福建的贫民，甚至为了两三毫钱，出卖给日本人。这种大大小小的汉奸，一个个升官发财，作威作福，而有民族气节，尽忠报国的志士，反而一个个消沉下去，这不是关怀民族道德的人们所最痛心的事吗？

　　许多贫苦无识的同胞，因遭层层剥削，无法生活，不得已而充当汉奸，这是可以原谅的。但是有些统兵将领，官僚政客，甚至文人学者，也竟甘心充当汉奸，出卖民族利益，这断不是出于偶然。原来我国近年内战始终不绝，政令迄未统一。当局但求巩固政权，甚至不择手段。有时不免以高官厚禄为饵，吸引天下豪强，以求平定反侧。犯上作乱，为旧道德所不许。朝秦暮楚，为士君子所齿冷。可是此种玷污民族道德的事实，在近年政治舞台上，却层见迭出，我们的当局至少要负一大部分责任。政府为维持威信起见，不得已而加以容忍，虽情有可原，但是首鼠两端的投机分子，可以升官发财，而有主义有信仰的志士，却不免于出国诛戮。这种政策上行下效的结果，将使全国男女，只知有富贵利禄，而不知有国家民族。那就无怪汉奸的数目要一天天增多了。

所以要杜绝汉奸的产生，必须消灭一切汉奸心理，使投机者无法幸进，使朝秦暮楚之辈，不能得志，使中国人民个个忠于国家，忠于民族。这个更用不到写成标语，贴在墙头，最要紧的是由政府在内政上切实做去。只要政府对内，信赏必罚，光明坦白，一切都以国家民族利益为前提，这样汉奸自然绝迹了。

地位

　　我最感到愉快的一件事是展阅许多读者好友的来信。有许多信令我兴奋，有许多信令我感喟，有许多信令我悲痛，有许多来信令我发指。

　　最近有一位读者给我的信，劈头就说："你是没有固定的地位的，所以你肯奋斗，这是我所以特别敬重你的缘故。"下面他接着下去讨论些别的事情。

　　我凝望着劈头这三句话，静思了好些时候。我当然很感谢他的好意，把"肯奋斗"的话来勉励我，虽则我自己是十分惭愧，对社会并未曾"奋斗"出什么好的贡献。他认为一个人肯奋斗，是因为他没有固定的地位，这一点却很引起我的研究兴味。什么是"固定的地位"，这位读者并未加上什么解释，猜度他的意思，也许是指稳定的地位。例如失业的人，他的地位便不稳定，失了业的人，或是所有的职业已靠不住的人，想法得到职业，或得到稳定的职业，这是人情之常，不但未可厚非，而且是很应该的事情。但得到职业或职业稳定以后，未必就不肯奋斗。所以我转念又觉得这位读者所指的"地位"是会有使人坠落的效用，至少是含有使人保守不求前进的效用。例如做了资本家，做了大官僚之类的东西。倘若这个猜度是对的，那末所谓"奋斗"也有两种意义：一种是因为未得到这样的地位，所以要奋斗去得到；一种是因为没有这种地位使一个人腐化或保守，所以他能向较有贡献于社会的方面奋斗。前一种的奋斗是不值得"敬重"的，所以我想那位读者所指的是后一种的奋斗：即不是为着自己的地位干，是为着社会的或大众的福利干。倘若我们有了正确的世界观与人生观，个人的地位原是无足轻重的事情。尤其在中国现在所处的地位，我们尤其要撇开个人地位的私念，同心协力于增高国家民族的地位。多在国外游历的人们，对于这一点应该有更深刻的感触。无论你怎样神气活现，无论你在国内是有着怎样高的地位，他们看去都是中国人——本来都是中国人——他们若看不起中国，任何中国人当然也都不在他们眼里。华侨的爱国心比较热烈，这便是一个很重要的原因。我们只要想到中国的国际地位怎样，个人的地位就更不足计较了。

当然，我们所努力于中国国际地位的增高并不是要步武侵略国的行为，并不是羡慕侵略国的国际地位，我们要首先努力于中华民族的解放，努力使中华民国达到自由平等的地位。当前我们民族的最大敌人是什么，是我们做中国人的每个人心坎中所明白的，当前什么是我们民族解放的大障碍物，什么是我们国家自由平等的刽子手，是我们的中国人的每个人心坎中所明白的。说得实在些，中国在国际上可以说是已经没有了地位！你看见哪一个独立的国家可以坐视敌人的铁骑横行，宰割如意，像现在的中国吗？你在各国报章杂志上看到批评中国的文字，总可以看到"中国"这个名词是常常和世界上已亡的国家相提并论的，我们看着当然是要气愤的。在这种时候，谁的心目中都只有"中国"这个观念，都只有中国在国际上的地位怎样的念头，至于个人的地位怎样，是抛诸九霄云外的了，但是徒然气愤没有用，我们现在必须集中火力对付我们民族的最大敌人的残酷的侵略，这是当前唯一的第一件大事，是要我们全国万众一心，勇往奔赴的。只须这第一件大事成功之后，什么其他的问题都是可以迎刃而解的，到那时我们的宪法里也尽可以订有："中国对于因保护劳动者利益，或因他们的科学活动，或因争取民族解放而受控告的外国公民，都予以庇护权。"这是我们的民族国家未来的光明的地位，是要我们用势血作代价去换来的，是要我们肩膀紧接着肩膀，对准着我们民族的最大敌人作殊死战去获得的。

让我们抛开各个人的地位，共同起来争取中华民国的自由平等的地位吧！

工程师的幻想

  我的父亲所以把我送进南洋公学附属小学，因为他希望我将来能做一个工程师。当时的南洋公学是国内数一数二的工程学校，由附属小学毕业可直接升中院（即附属中学），中院毕业可直接升上院（即大学），所以一跨进了附属小学，就好像是在准备做工程师了。我在那个时候，不知道工程师究竟有多大贡献，模模糊糊的观念只是以为工程师能造铁路，在铁路上做了工程师，每月有着一千或八百元的丰富的薪俸，父亲既叫我准备做工程师，我也就冒冒失失地准备做工程师。其实讲到我的天性，实在不配做工程师，要做工程师，至少对于算学、物理一类的科目能感到浓厚的兴趣和特殊的机敏。我在这方面的缺憾，看到我的弟弟在这方面的特长，更为显著。我们年纪很小还在私塾的时候，所好便不同。当时我们请了一位老夫子在家里教着"诗云子曰"，并没有什么算学的功课，但是我的弟弟看见家里用的厨子记账的时候打着算盘，就感觉到深刻的兴趣，立刻去买了一本"珠算歌诀"，独自一人学起什么"九归"来了。我看了一点不感觉兴味，连袖手旁观都不干。我只有趣味于看纲鉴，读史论，后来进了小学，最怕的科目便是算学，当时教算学的是吴叔厘先生。他的资格很老，做了十几年的算学教员，用的课本就是他自己编的。我看他真是熟透了，课本里的每题答数大概他都背得出来！他上课的时候，在黑板上写着一个题目，或在书上指定一个题目，大家就立刻在自己桌上所放着的那块小石板上，用石笔的的答答地算着。不一会儿，他老先生手上拿着一个记分数的小簿子，走过一个一个的桌旁，看见你的石板上的答数是对的，他在小簿上记一个记号，看见你的石板上的答数不对，他在小簿上另记一个记号。我愈是着急，他跑到我的桌旁似乎也愈快！我的答数对的少而错的多，那是不消说的。如我存心撒烂污，那也可以处之泰然，但是我却很认真，所以心里格外地难过，每遇着上算学课，简直是好像上断头台！当时如有什么职业指导的先生，我这样的情形一定可供给他一种研究的材料，至少可以劝我不必准备做什么工程师了，但是当时没有人顾问到这件事情，我自己也在糊里糊涂中过日子。小学毕业的时候，我的算学考得不好，但是总平均仍算是最多，在名次上仍占着便宜。刚升到中院后，师友们都把我当作成绩优异的学生，只有我自己知道在实际上是不行的。

但是大家既把我误看作成绩优异的学生，我为着虚荣心所推动，也就勉为其难，拼命用功，什么"代数"哪、"几何"哪，我都勉强地学习，考的成绩居然很好，大考的结果仍侥幸得到最前的名次，但是我心里对这些课目，实在感觉不到一点兴趣。这时候我的弟弟也在同一学校里求学，我们住在一个房间里，我看他做算学问题的时候，无论怎样难的题目，在几分钟内就很顺手地得到正确的答数，我总是想了好些时候才勉强得到，心里有着说不出的烦闷。我把这些题目勉强做好之后，便赶紧把课本搁在一边，希望和它永别，留出时间来看我自己所要看的书。这样看来，一个人在学校里表面上的成绩，以及较高的名次，都是靠不住的，唯一的要点是你对于你所学的是否心里真正觉得很喜欢，是否真有浓厚的兴趣和特殊的机敏，这只有你自己知道，旁人总是隔膜的。

我进了中院以后，仍常常在夜里跑到附属小学沈永癯先生那里去请教，他的书橱里有着全份的《新民丛报》，我几本几本的借出来看，简直看入了迷。我始终觉得梁任公先生一生最有吸引力的文章要算是这个时代的了。他的文章的激昂慷慨，淋漓痛快，对于当前政治的深刻的评判，对于当前实际问题的明锐的建议，在他的那支带着情感的笔端奔腾澎湃着，往往令人非终篇不能释卷。我所苦的是在夜里不得不自修校课，尤其讨厌的是做算学题目，我一面埋头苦算，一面我的心却常常要转到新借来放在桌旁的那几本《新民丛报》！夜里 10 点钟照章要熄灯睡觉，我偷点着洋蜡烛躲在帐里偷看，往往看到两三点钟才勉强吹熄烛光睡去。睡后还做梦看见意大利三杰和罗兰夫人（这些都是梁任公在《新民丛报》里所发表的有声有色的传记）！这样准备做工程师，当然是很少希望的了！

大声疾呼的国文课

当时我进的中学还是四年制，这中学是附属于南洋公学的（当时南洋公学虽已改称为交通部工业专门学校，但大家在口头上还是叫南洋公学），叫做"中院"。大学部叫做"上院"，分土木和电机两科。中院毕业的可免考直接升入上院。南洋公学既注重工科，所以它的附属中学对于理化、算学等科目特别注重。算学是我的老对头，在小学时代就已经和它短兵相接过，但是在中学里对于什么"代数""几何""解析几何""高等代数"等等，都还可以对付得来，因为被"向上爬"的心理推动着，硬着头皮干。在表面上看来，师友们还以为我的成绩很好，实际上我自己已深知道是"外强中干"了。

但是南洋公学有个特点，却于我很有利。这个学校虽注重工科，但因为校长是唐尉芝先生（中院仅有主任，校长也由他兼），积极提倡研究国文，造成风气，大家对于这个科目也很重视。同时关于英文方面，当时除圣约翰大学外，南洋公学的资格算是最老，对于英文这个科目也是很重视的。前者替我的国文写作的能力打了一点基础，后者替我的外国文的工具打了一点基础。倘若不是这样，只许我一天到晚在 XYZ 里面翻筋斗，后来要出行便很困难的了。但是这却不是由于我的自觉的选择，只是偶然的凑合。在这种地方，我们便感觉到职业指导对于青年是有着怎样重要的意义。

自然，自己对于所喜欢的知识加以努力的研究，多少都是有进步的，但是环境的影响也很大。因为唐先生既注意学生的国文程度和学习，蹩脚的国文教员便不敢滥竽其间，对于教材和教法方面都不能不加以相当的注意。同时国文较好的学生，由比较而得到师友的重视和直接的鼓励，这种种对于研究的兴趣都是有着相当的关系的。

我们最感觉有趣味和敬重的是中学初年级的国文教师朱叔子先生。他一口的太仓土音，上海人听来已怪有趣，而他上国文课时的起劲，更非笔墨所能形容。他对学生讲解古文的时候，读一段，讲一段，读时是用着全副气力，提高嗓子，埋头苦喊，读到有精彩处，更是弄得头上的筋一条条的显露出来，面色涨红得像关老爷，全身都震动起来（他总是立着读），无论哪一个善打瞌睡的同学，也不得不肃然悚然！他那样用尽气力的办法，我虽自问做不到，但是他那样聚精会神，一点不肯撒烂污的认真态度，我到现在还是很佩服他。

我们每两星期有一次作文课。朱先生每次把所批改的文卷订成一厚本，带到课堂里来，从第一名批评起，一篇一篇的批评到最后，遇着同学的文卷里有精彩处，他也用读古文诗的同样的拼命态度，大声疾呼地朗诵起来，往往要弄得哄堂大笑。但是每次经他这一番的批评和大声疾呼，大家确受着很大的推动，有的人也在寄宿舍里效法，那时你如有机会走过我们寄宿舍的门口，一定要震得你耳聋的。朱先生改文章很有本领，他改你一个字，都有道理，你的文章里只要有一句有精彩的活，他都不会抹煞掉，他实在是一个极好的国文教师。

我觉得要像他那样改国文，学的人才易有进步。有些教师尽转着他自己的念头，不顾你的思想，为着他自己的便利计，一来就是几行一删，在你的文卷上大发挥他自己的高见。朱先生的长处就在他能设身处地替学生的立场和思想加以考虑，不是拿起笔来，随着自己的意思乱改一阵。

我那时从沈永癙先生和朱叔子先生所得到的写作的要诀，是写作的内容必须有个主张，有个见解，也许可以说是中心的思想，否则你尽管堆着许多优美的句子，都是徒然的。我每得到一个题目，不就动笔，先尽心思索，紧紧抓住这个题目的要点所在，古人说"读书得间"，这也许可以说是要"看题得间"，你只要抓住了这个"间"，便好像拿着了舵，任着你的笔锋奔放驰骋，都能够"搔到痒处"，和"隔靴搔痒"的便大大的不同。这要诀说来似乎平常，但是当时却有不少同学不知道，拿着一个题目就瞎写一阵，写了又涂，涂了又写，钟点要到了，有的还交不出卷来，有的只是匆匆地糊里糊涂地完卷了事。

英文的学习

　　关于英文的学习，我不能忘却在南洋公学的中院里所得到的两位教师。后来虽有不少美籍的教师在这方面给我许多益处，但是这两位教师却给我以初学英文的很大的训练和诀窍，是我永远所不能忘的厚惠。在这国际交通日密、学术国际化的时代，我们要研究学问，学习一两种外国文以作研究学问的工具，在事实上是很有必要的，所以我提出一些来谈谈，也许可以供诸君的参考。

　　我所要说的两位英文教师，一位是在中学二年级的时候教授英文的黄添福先生。他就是拙译《一位美国人嫁与一位中国人的自述》的那本书里的男主人公。他大概是生长在美国，英文和美国人之精通英文者无异，英语的流利畅达，口音的正确，那是不消说的。他只能英语，不会说中国话。做中国人不会说中国话，这就某种意义说来，似乎不免是一件憾事，但是仅就做英文教师这一点说，却给学生以很大的优点。当然，倘若只是精通英文而不懂教授法，还是够不上做外国文的良师，黄先生的教授法却有他的长处。他教的是英文文学名著，每次指定学生在课外预备若干页，最初数量很少，例如只在两三页，随后才逐渐加多。我记得在一年以内，每小时的功课，由两三页逐渐加多到二十几页。上课的时候，全课堂的同学都须把书本关拢来，他自己也很公平地把放在自己桌上的那本书关拢起来。随后他不分次序的向每一个同学询问书里的情节，有时还加以讨论。问完了每个同学之后，就在簿子上做个记号，作为平日积分的根据。他问每个同学的时候，别的同学也不得不倾耳静听，注意前后情节的线索，否则突然问到，便不免瞠目结舌，不知所答。在上课的五十分钟里面，同学们可以说没有一刻不在紧张的空气中过去，没有一刻不在练习听的能力。除听的能力外，看的能力也因此而有长足的进展，因为你要在课堂上关拢书本子，随时回答教师关于书内情节的问句，或参加这些情节的讨论，那你在上课前仅仅查了生字，读了一两遍是不够的，必须完全了然全课的情节，才能胸有成竹，应付裕如。换句话说，你看了你的功课，必须在关拢书本之后，对于书内的情节都能明白，这样的训练，对于看的能力是有很大的益处。我和同学们最初却在心里有些反对，认为教师问起文学的内容好像和什么历史事实一样看待，使人费了许多工夫预备。但是经过一年之后，觉得自己的看的能力为之大增，才感觉到得益很大。

还有一位英文良师是徐守伍先生。他是当时的中院主任，等于附属中学的校长，当我们到了四年级的时候（当时中学是四年制），他兼授我们一级的英文。他曾经在美国研究经济学，对于英文也很下过苦功。他研究英文的最重要的诀窍是要明白英文成语的运用。这句话看来似乎平常，但在初学却是一个非常重要而受用无穷的秘诀。徐先生还有一句很直率而扼要的话，那就是你千万不要用你自己从来没有听过或读过的字句。这在中国人，写惯中国文的人们，也许要觉得太拘泥，但是仔细想想，在原理上却也有可相通的。我们写"艰难"而不写作"难艰"，我们写"努力""奋斗"而不写作"奋力""努斗"，不过是由于我们在不知什么时候、什么地方听过或看过这类的用法罢了。初学英文的人，在口语上或写作上往往有"捏造"的毛病，或把中国语气强译为英文，成为"中国式的英文"！要补救这个毛病，就在乎留意不要用你自己从来没有听过或读过的英文字句。在积极方面，我们在阅读的时候，便须时常注意成语的用法。成语的用法不是仅仅记住成语的本身就够的，必须注意成语所在处的上下文的意思。我们在所阅读的书报里，看到一种成语出现两三次或更多次数的时候，如真在用心注意研究，必能意会它的妙用的。我们用这样的态度阅读书报，懂得成语越多，记得成语越多，不但阅读的能力随着增进，就是写作的能力也会随着增进。

黄先生使我们听得懂、听得快，看得懂、看得快，偏重在意义方面的收获。徐先生使我们注意成语的运用，对于阅读的能力当然也有很大的裨益，尤其偏重在写作能力的收获。我觉得这两位良师的研究法可通用于研究各种外国文。

青年"老学究"

我真料想不到居然做了几个月的"老学究"！这在当时的我当然是不愿意做的。一般青年的心理也许都和我一样吧，喜走直线，不喜走曲线，要求学就一直入校求下去，不愿当中有着间断，这心理当然不能算坏，如果有走直线的可能，直线当然比曲线来得经济——至少在时间方面。但是我们所处的实际环境并不是乌托邦，有的时候要应付现实，不许你走直线，也只有走曲线。我当时因为不能继续入校，心理上的确发生了非常烦闷抑郁的情绪。去做几个月的"老学究"，确是满不高兴、无可奈何的。不过从现在想来，如有着相当的计划，鼓着勇气往前走，不要自馁，不要中途自暴自弃，走曲线并不就是失败，在心境上用不着怎样难过，这一点，我很诚恳地提出来，贡献于也许不得不走着曲线的青年朋友们。拿破仑说"胜利在最后的五分钟"，这句话越想越有深刻的意味，因为真正的胜利要看最后的分晓，在过程中的曲折是不能即作为定案的。我们所要注意的是要作继续不断的努力，有着百折不回的精神向前进。

我当时在最初虽不免有着烦闷抑郁的情绪，但是打定了主意之后，倒也没有什么，按着已定的计划向前干去就是了。我的那位东家葛老先生亲自来上海把我迎去，由上海往宜兴县的蜀山镇，要坐一段火车，再乘小火轮，他都一路很殷勤地陪伴着我。蜀山是一个小村镇，葛家是那个村镇里的大户，他由码头陪我走到家里的时候，在街道上不断地受着路上行人的点头问安的敬礼，他也忙着答谢，这情形是我们在城市里所不易见到的，倒很引起我的兴趣。大概这个村镇里请到了一个青年"老学究"是家家户户所知道的。这个村镇里没有邮政局，只有一家杂货铺兼作邮政代理处，我到了之后，简直使它特别忙了起来。

我们住的虽是乡村的平屋，但是我们的书房却颇为像样。这书房是个隔墙小花厅，由一个大天井旁边的小门进去，厅前还有个小天井，走过天井是一个小房间，那便是"老夫子"的卧室。地上是砖地，窗是纸窗，夜里点的是煤油灯。终日所见的，除老东家仍然进来探问外，只是三个小学生和一个癞痢头的小工役。三个小学生的年龄都不过十一二岁，有一个很聪明，一个稍次，一个是聋子，最笨，但是他们的性情都很诚挚笃厚得可爱，每看到他们的天真，便使我感觉到愉快。所以我虽像入山隐居，但有机会和这些天真的儿童朝夕相对，倒不觉得怎样烦闷。出了大门便是碧绿的田野，相距不远的地方有个山墩。我每日下午5点钟放课后，便独自一个在田陌中乱跑，跑到山墩上瞭望一番。这种赏心悦目的自然界的享受，也是在城市里所不易得到的，即比之到公园去走走，并无逊色。有的时候，我还带着这几位小学生一同出去玩玩。

在功课方面，这个青年"老学究"大有包办的嫌疑！他要讲解《论语》《孟子》，要讲历史和地理，要教短篇论说，要教英文，要教算学，要教书法，要出题目改文章。《论语》《孟子》不是我选定的，是他们已经读过，老东家要我替他们讲解的。那个聋学生只能读读比较简单的教科书，不能作文。夜里还有夜课，读到9点钟才休息。这样的儿童，我本来不赞成有什么夜课，但是做"老夫子"是不无困难的，如反对东家的建议，大有偷懒的嫌疑，只得在夜里采用马虎主义，让他们随便看看书，有时和他们随便谈谈，并不认真。

我自己是吃过私塾苦头的，知道私塾偏重记忆（例如背诵）而忽略理解的流弊，所以我自己做"老学究"的时候，便反其道而行之，特重理解力的训练，对于背诵并不注重。结果，除了那位聋学生没有多大进步外，其余的两个小学生，都有着很大的进步。最显著的表现，为他们的老祖父所看得出的，是他们每天做一篇的短篇论说。

我很惭愧地未曾受过师范教育，所以对于怎样教小学生，只得"独出心裁"来瞎干一阵。例如作文，每出一个题目，必先顾到学生们所已吸收的知识和所能运用的字汇，并且就题旨先和他们略为讨论一下。这样，他们在落笔的时候，便已有着"成竹在胸""左右逢源"的形势。修改后的卷子，和他们讲解一遍之后，还叫他们抄一遍，使他们对于修改的地方不但知其所以然，并且有较深的印象。

深挚的友谊

　　跨进了约翰之后，课程上的烦闷消除了，而经济上的苦窘还是继续着。辛辛苦苦做了几个月的青年"老学究"所获得的经费，一个学期就用得精光了，虽则是栗栗危惧地使用着。约翰是贵族化的学校，富家子弟是很多的。到了星期六，一辆辆的汽车排在校前好像长蛇阵似地来迎接"少爷们"回府，我穿着那样寒酸气十足的衣服跑出门口，连黄包车都不敢坐的一个穷小子，望望这样景象，觉得自己在这个学校简直是个"化外"的人物！但是我并不自馁，因为我打定了"走曲线"的求学办法。

　　但是我却不得不承认，关于经济方面的应付，无论怎样极力"节流"，总不能一文不花，换句话说，总不能一点"开源"都没有。这却不是完全可由自己做主的了！在南洋附属小学就做同学的老友郁锡范先生，那时已入职业界做事。我实在没有办法的时候，往往到他那里去五块十块钱地借用一下，等想到法子的时候再还。他的经济力并不怎样充分，但是隔几时暂借五块十块钱还觉可能，尤其是他待我的好，信我的深，使我每次借款的时候并不感觉到有着丝毫的难堪或不痛快的情绪，否则我虽穷得没有办法，也是不肯随便向人开口的。在我苦学的时候，郁先生实在可算是我的"鲍叔"。最使我感动的是有一次我的学费不够，他手边也刚巧在周转不灵，竟由他商得他的夫人的同意，把她的首饰都典当了来助我。但是他对于我的信任心虽始终不变，我自己却也很小心，非至万不得已时也绝对不向他开口借钱，第一次的借款未还，绝对不随便向他商量第二次的借款。一则他固然也没有许多款可借，二则如果过于麻烦，任何热心的朋友也难免于要皱眉的。

我因为要极力"节流"，虽不致衣不蔽体，但是往往衣服破烂了，便无力置备新的，别人棉衣上身，我还穿着夹衣。蚊帐破得东一个洞，西一个洞，蚊虫乘机来袭，常在我的脸部留下不少的成绩。这时注意到我的情形的却另有一位好友刘威阁先生，他是在约翰和我同级的，我刚入约翰做新生的时候，第一次和他见面，我们便成了莫逆交。他有一天由家里回到学校，手里抱着一大包的衣物，一团高兴地跑进了我的卧室，打开来一看，原来是一件棉袍，一顶纱帐！我还婉谢着，但是他一定要我留下来用。他那种特别爱护我的深情厚谊，实在是使我一生不能忘的。那时他虽已结了婚，还是和大家族同居的，他的夫人每月向例可分到大家族津贴的零用费十块钱，有一次他的夫人回苏州娘家去了一个月，他就硬把那十块钱给我用。我觉得这十块钱所含蓄的情义，是几十万几百万的巨款所含蓄不了的。

我国有句俗话，叫做"救急不救穷"，就个人的能力说，确是经验之谈。因为救急是偶然的、临时的，救穷却是长时期的。我所得到的深挚的友谊和热诚的赞助，已是很难得的了，但是经常方面还需要有相当的办法。我于是开始翻译杜威所著的《民治与教育》，但是巨著的译述，有远水不救近火之苦，最后还是靠私家教课的职务。这职务的得到，并不是靠什么职业介绍所，或自己登报自荐，却是和我在南洋时一样，承蒙同学的信任，刚巧碰到他们正在替亲戚物色这样的教师。我每日下午下课后就要往外奔，教两小时后再奔回学校，这在经济上当然有着相当的救济，可是在时间上却弄得更忙。忙有什么办法？只有硬着头皮向前干去，白天的时间不够用，只有常在夜里"开夜车"。

后来我的三弟进南洋中学，我和我的二弟每月各人还要设法拿几块钱给他零用，我经济上又加上了一点负担，幸而约翰的图书馆要雇用一个夜里的助理员，每夜一小时，每月薪金七块钱。我作毛遂自荐，居然被校长核准了，这样才勉强捱过难关。

毕云程先生乘汽车赶来借给我一笔学费，也在这个时期里，这也是我所不能忘的一件事，曾经在《萍踪寄语》初集里面谈起过，在这里就不赘述了。

深挚的友情是最足感人的，就我们自己说，我们要能多得到深挚的友谊，也许还要多多注意自己怎样做人，不辜负好友们的知人之明。

苦学时代的教书生涯

我在做苦学生的时代，经济方面的最主要的来源，可以说是做家庭教师。除在宜兴蜀山镇几个月所教的几个小学生外，其余的补习的学生都是预备投考高级中学的，好些课程由一个人包办，内容却也颇为复杂。幸而我那时可算是一个"杂牌"学生：修改几句文言文的文章，靠着在南洋公学的时候研究过一些"古文"；教英文文学，靠着自己平日对这方面也颇注意，南洋和约翰对于英文都有着相当的注重，尤其是约翰；教算学，不外"几何"和"代数"，那也是在南洋时所熟练过的。诸君也许要感觉到，算学既是我的对头，怎好为人之师，未免误人子弟。其实还不至此，因为我在南洋附属中学时，对于算学的成绩还不坏，虽则我很不喜欢它。至少教"几何"和"代数"，我还能胜任愉快。现在想来，有许多事真是在矛盾中进展着。我在南洋公学求学的时候，虽自觉性情不近工科，但是一面仍尽我的心力干去，考试成绩仍然很好，仍有许多同学误把我看作"高材生"，由此才信任我可以胜任他们所物色的家庭教师。到约翰后，同学里面所以很热心拉我到他们亲戚家里去做家庭教师，也因为听说我在南洋是"高材生"，至少由他们看来，一般的约翰生教起国文和算学来总不及我这个由南洋来的"高材生"！我既然担任家庭教师的职务，为的是要救穷，但是替子弟延请教师的人家所要求的条件却不是"穷"，仅靠"穷"来寻觅职业是断然无望的。我自己由"工"而"文"，常悔恨时间的虚耗，但是在这一点上却无意中不免得到一些好处，还是靠我在读工科的时候仍要认真，不肯随随便便撒烂污。在我自己方面，所以要担任家庭教师，实在是为着救穷，这是已坦白自招的了（这倒不是看不起家庭教师，却是因为我的功课已很忙，倘若不穷的话，很想多用些工夫在功课方面，不愿以家庭教师来分心）。可是在执行家庭教师职务的时候，一点不愿存着"患得患失"的念头，对于学生的功课异常严格，所毅然保持的态度是："你要我教，我就是这样，你不愿我这样教，尽管另请高明。"记得有一次在一个人家担任家庭教师，那家有一位"四太爷"，掌握着全家的威权，全家上下对他都怕得好像遇着了老虎，任何人看他来了都起立致敬。他有一天走到我们的"书房"门口，我正在考问我所教的那个学生的功课，那个学生见"老虎"来了，急欲起来立正致敬，我不许他中断，说我教课的时候是不许任何人来阻挠的。事后那全家上下都以为"老虎"必将大发雷霆，开除这个大胆的先生。但是我不管，结果他也不敢动我分毫。我所以敢于强硬的，是因为自信我在功课上对得住这个学生的家长。同时我深信不严格就教不好书，教不好书我就不愿干，此时的心里已把"穷"字抛到九霄云外了！

这种心理当然是很矛盾的，自己的求学费用明明要靠担任家庭教师来做主要来源，而同时又要这样做硬汉！为什么要这样呢？我自己也并没有什么理论上的根据，只是好像生成了一副这样的性格，遇着当前的实际环境，觉得就应该这样做，否则便感觉得痛苦不堪忍受。

出乎我意料之外的是，我这样的一个"硬汉教师"，不但未曾有一次被东家驱逐出来，而且凡是东家的亲友偶然知道的，反而表示热烈的欢迎，一家结束，很容易地另有一家接下去。我仔细分析我的"硬"的性质，觉得我并不是瞎"硬"，不是要争什么意气，只是要争我在职务上本分所应有的"主权"。我因为要忠于我的职务，要尽我的心力使我的职务没有缺憾，便不得不坚决地保持我在职务上的"主权"，不能容许任何方面对于我的职务作无理的干涉或破坏（在职务上如有错误，当然也应该虚心领教）。我不但在做苦学生时代对于职务有着这样的性格，细想自从出了学校，正式加入职业界以来，也仍然处处保持着这样的性格。我自问在社会上服务了十几年，在经济上仅能这手拿来，那手用去，在英文俗语所谓"由手到嘴"的境况中过日子，失了业便没有后靠可言，也好像在苦学生时代要靠着工作来支持求学的费用，但是要使职务不亏，又往往不得不存着"合则留，不合则去"的态度，所以我在职业方面，也可说是一种矛盾的进展。

一幕悲喜剧

在我再续谈《生活》周刊的事情以前，其中有两件事可以先谈一谈，第一件是关于我的婚姻，第二件是我加入时事新报馆。

第一件虽是关于个人的私事，但是也脱不了当时的社会思潮的背景。大家都知道，接着"五四"运动以后的动向，打倒"吃人的礼教"，也是其中的一个支流，男女青年对于婚姻的自由权都提出大胆的要求，各人都把理想的社会和理想的家庭混做一谈，甚至相信理想的社会必须开始于理想的家庭！我在当时也是这许多青年里面的一分子，也受到了相类的影响，于是我的婚姻问题也随着发生过一次的波澜。

我的父亲和我的岳父在前清末季同在福建省的政界里混着，他们因自己的友谊深厚，便把儿女结成了"秦晋之好"，那时我虽在学校时代，"五四"运动的前奏还未开幕，对于这件事只有着糊里糊涂的态度，后来经过"五四"的洗礼后，对这件事才提出抗议。

我的未婚妻叶女士是一位十足的"诗礼之家"的"闺女"，吟诗读礼，工于针黹，但却未进过学校。这虽不是没有教育的女子，但在当时的心理，没有进过学校已经是第一个不满意的事实，况且从来未见过面，未谈过话，全由"父母之命"而成的婚约，那又是第二个不满意的事实。但是经我提出抗议之后，完全和"五四"运动的洗礼毫不相干的两方家长固然大不答应，就是我的未婚妻也秉着"诗礼之家"的训诲，表示情愿为着我而终身不嫁，于是这件事便成了僵局。但是因为我的求学费用，全由我自己设法维持，家里在经济上无从加我以制裁，无法干涉我的行动，在两方不相下的形势里面，这件事便搁了起来。直到我离开学校加入职业界以后，这件事还是搁着。但是我每想到有个女子为着我而终身不嫁，于心似乎有些不忍，又想她只是个时代的牺牲者，我再坚持僵局，徒然增加她的牺牲而已，因此虽坚持了几年，终于自动地收回了我的抗议。我任事两三年后，还清了求学时的债务，多下了几百块钱，便完全为着自己的结婚，用得精光。我所堪以自慰的是我的婚事的费用完全由自己担任，没有给任何方面以丝毫的牵累。家属不必说，就是亲友们，我也不收一文的礼。婚礼用的是茶点，这原也很平常，不过想起当时的"维新"心理，却也有可笑处。行礼的时候新郎要演说，那随他去演说好了，又要勉强新娘也须演说，这在她却是个难题，但是因为迁就我，也只得勉强说几句话，这几句话的临时敷衍，却在事前给她以好几天的心事。这也罢了，又要勉强岳父也须演说，这在男子原不是一个很难的题目，可是因为我的岳父是百分的老实人，生平就未曾演说过，他自问实在没有在数百人面前开口说话的勇气，但是也因为要迁就我，也只得勉强说几句话。他在行礼前的几天，就每天手上拿着一张纸，上面写着几十个字的短无可短的演说词，在房里踱着方步朗诵着，好像小学生似的"实习"了好几天。可是在行礼那天，他立起来的时候，已忘记得干干净净，勉强说了三两句答谢的话就坐了下来！我现在谈起当时的这段情形，不但丝毫不敢怪我的岳父，而且很怪我自己。他老人家为着他的自命"维新"的女婿的苛求，简直是"鞠躬尽瘁"地迁就我。我现在想来，真不得不谢谢他的盛情厚意，至少是推他爱女的心理而宽容了我，我现在想来，当时不该把这样的难题给他和他的女儿做。

结婚后，我的妻待我非常的厚。她的天性本为非常笃厚，尤其是对于她的母亲。我们结婚不到两年，她便以伤寒症去世了，她死了之后，我才更深刻地感到她的待我的厚，每一想起她，就泪如泉涌地痛哭着。她死后的那几个月，我简直是发了狂，独自一人跑到她的停柩处，在灵前对她哭诉！我生平不知道什么叫做鬼，但是在那时候——在情感那样激动的时候——并无暇加以理解，竟那样发疯似的常常跑到她的灵前哭着诉着。我知道她活的时候是异常重视我的，但是经我屡次的哭诉，固然得不到什么回答，即在夜里也没有给我什么梦。——老实说，我在那时候，实在希望她能在梦里来和我谈谈，告诉我她的近况！这种发疯的情形，实在是被她待我过厚所感动而出于无法自禁的。我在那个时候的生活，简直完全沉浸于情感的激动中，几乎完全失去了理性的控制。

我们的 "家长"

我现在要谈谈我们的 "家长"。

稍稍留心中国救国运动的人，没有不知道有沈钧儒先生其人。我认识沈先生还在前年（1935）12月底组织上海文化界救国会的时候，我记得那时是文化界救国会开着成立大会，沈先生做主席。我那时还不知道他的年龄，也不详细知道他的平常，只看见他虽有着长须，但是健康的体格，洪亮的声音，热烈的情绪，前进的意识，都和青年没有两样。后来我因为参加救国会，和沈先生来往比较多一些，我更深深地敬爱沈先生的为人。最近因共患难，更有机会和他接近，更加深了我对于他的敬爱。他不但是我所信任的好友，我简直爱他如慈父，敬他如严师。我生平的贤师良友不少，但是能这样感动我的却不多见。我现在要很简要地介绍这位赤诚爱国的 "老将" 的历史。沈先生号衡山，浙江嘉兴人，生长在苏州。七八岁时入家塾，十六岁进秀才，三十岁中举人，三十一岁中进士，但是沈先生却忽然脱离了科举的束缚，就在这一年到日本去进法政大学求学。他三十四岁时回国，在北京办过短时期的日报，几个月后回到浙江。当时立宪运动正在发展，他便在浙江筹备地方自治，筹备咨议局，当选为副议长。同时兼任浙江的两级师范监督（即校长），鲁迅先生就在这个时候在该校教授理科。后来他加入孙中山先生所领导的同盟会，辛亥革命成功后，他担任浙江教育司司长，后来辞职应选国会议员（因官吏不得应选）。袁世凯称帝，沈先生奋起反对洪宪，几为所害，回到南方。广州的护法政府成立的时候，他到广州，任参议院议员，兼总检察厅检察长。后来护法政府取消，北京政府改组，他北上重任参议院议员，兼该院秘书厅的秘书长（时在民国11年）。后来曹锟贿选，沈先生也是激烈反对的一人。民国15年回到南方，参加国民革命，组织苏、浙、皖三省联合会，反对孙传芳。同时冬季受蒋介石（这时做总司令）委任组织浙江临时省政府，中经反动的军队反攻，处境非常危险。民国16年浙江全在国民政府统辖之下，分政务和财务委员会，分科无厅，除主席一人和秘书长一人外，其余四科的科长也由省府委员分任，沈先生当时任政务委员兼秘书长。"清党"后因误会被拘七天，到南京后因谅解恢复自由。回到上海以后，法学院因副校长潘大道被刺，聘沈先生担任该校教务长，直到现在。民国17年起并执行律师职务，被选任上海律师公会常务委员，已有五年多了。

我们看了这样的经过事实，虽尽管说得简单，但已可看出沈先生二三十年来总是立于国家和民众的立场，作继续不断的奋斗，一直到现在还是丝毫不懈地向前迈进。他参加过辛亥革命，参加过护法之役，又参加过国民革命。他曾有过三反：反对袁世凯称帝，反对曹锟贿选，反对孙传芳阻碍国民革命。他在行动上实行这"三反"的过程中，冒着出生入死的危险，都在所不顾。我们一方面感到沈先生政治经验——革命经验——的丰富，一方面感到沈先生百折不回的毅力。现在这位赤诚爱国的"老将"，又用着同样的精神，参加当前的最艰危阶段的救国运动了！我们为着民族解放的前途，要竭诚爱护我们的这位"老将"！

我觉得陶行知先生的《留别沈钧儒先生》一首诗，很能说出这个意思，我现在就把它写在这里：

（一）老头，老头！他是中国的大老，他是同胞的领头。他忘记了自己的头，要爱护别人的头。唯一念头，大家出头。

（二）老头，老头！他是中国的大老，他是战士的领头。冒着敌人的炮火，冲洗四十年的冤仇。拼命争取，民族自由。

（三）老头，老头！他是中国的大老，他是大众的领头。他为老百姓努力，劳苦功高像老牛。谁害老头？大众报仇。

（四）老头，老头！他是少年的领头。老年常与少年游，老头没有少年愁。虽是老头，不像老头。

在这首诗的后面，陶先生还加有一段附注，也很值得介绍："沈钧儒先生，六十三岁的老翁，上海领导救国运动，亲自参加游行示威，走四五十里路，不觉疲倦。今年'一二八'到庙行公祭沪战无名英雄，我曾追随先生参加游行。现读'永生'，见一照片，知为公祭'五卅'烈士之影，前排有个老少年，仔细看来，知道是先生，回寓即想写一首诗表示敬意。但行色匆匆，诗思不定，到新加坡前一日才写成。现飞寄先生请览，并致联合战线敬礼。"

这段附注里的"老少年"三字，我觉得是形容沈先生的最好的名词。沈先生这次在上海被捕之后，曾在捕房的看守所里冰冷的水门汀上静坐了一夜——在那样令人抖颤的一个寒夜里！但是这种苦楚在他是丝毫不在乎的。自从我和沈先生同被拘捕以来，每看到他那样的从容，那样的镇静，那样的只知有国不知有自己的精神，我不由得受到了很深的感动。反顾我自己这样年轻人，为着爱国受些小苦痛，真算是什么！这样一来，我的心也就安定了许多。

沈先生有四个儿子和一个女儿，都是很贤孝的，他们父子间的亲爱，也是令人歆羡不置的。沈先生伉俪情爱极笃，他的夫人去世以后，他于慈父之外，还兼有着慈母的职务。他的大儿子是留学德国的医生，二儿子是留学德国的土木工程师，他们两位都在国内为社会服务了，三儿子在日本学习商业管理，四儿子在德国学习电机，女儿在金陵女大理科。以沈先生的地位，尽可以做"老太爷"享福了，但是这位"老少年"为着救国运动，宁愿含辛茹苦，抛弃他个人的一切幸福。

我们不但要学沈先生的为国牺牲的精神，还要学他的至诚的爱，他以至诚的爱爱他的子女，以至诚的爱爱他的祖国，以至诚的爱爱他的朋友，以至诚的爱爱他的同志！我深深地感觉到沈先生的全部生命都是至诚的爱造成的！

我为着中华民族解放的前途，虔诚地为我们的"家长"祝福！

看守所

苏州高等法院是在道前街，我们所被羁押的看守分所却在吴县横街，如乘黄包车约需 20 分钟可达。凑巧得很，在我们未到的三个月前，这分所刚落成一座新造的病室。这个病室虽在分所的大门内，但是和其余的囚室却是隔离的，有一道墙隔开。这病室有一排病房，共六间，这排病房的门前有个水门汀的走廊，再出去便是一个颇大的泥地的天井，后面靠窗处有个狭长的天井，在这里有一道高墙和隔壁的一个女学校隔开。各病房是个长方形的格式，沿天井的一边有一门一窗，近高墙的一边也有一个窗。看守所的病室当然也免不了监狱式的设备，所以前后的窗下都装有铁格子，房门是厚厚的板门，门的上部有一个五寸直径的小圆洞，门的外面有很粗的铁闩，铁闩上有个大锁。夜里在我们睡觉以后，有看守把我们的房门锁起来，早晨 7 点钟左右，他再把这个锁开起来。此外附在这座病室旁边的，右边有一个浴池式的浴室（即浴室里面是用水门汀造成的一个小浴池），左边有两个房间是看守主任住的。天井和外面相通的地方有两道门：靠在里面的一个是木栅门，出了这木栅门，经过一个很小的天井，还有一个门，那门的格式和我们的房差不多，上面也有个小圆洞。在这两道门的中间，白天有一个穿制服的看守监视着。夜里我们睡了以后，一排房门的前面也有一个看守梭巡着，一直巡到天亮。他们当然要轮班的，大概每四小时一班。另外有一个工役，穿着灰布的丘八的服装，替我们做零碎的事务，如扫地、洗碗、开饭和预备热水、开水等等。他姓王，我们就叫他做"王同志"。这位"王同志"是当兵出身，据说前在北伐军里面曾经上战场血战过十几次，不过他说："打来的成绩归长官，小兵是没有分的。"他知道了我们被捕的原因之后，也很表示同情。

我们所住的病房是一排六间，上面已经说过，各房的门楣上有珐琅牌子记着号数。第一号和第六号的房间是看守和工役住的；第二号用为我们的餐室和看书写字的地方；第三号是沈王两先生的卧室；第四号是李沙两先生的卧室；第五号是章先生和我的卧室。餐室里有两张方桌，我们买了两块白台布把两个桌面罩起来，此外有几张有靠背的中国式的红漆椅子，几张骨牌凳。天气渐渐地寒冷起来，经检察官的准许后，我们自己出费装了一个火炉。我们几个人每日的时间多半都消磨在这个餐室里面。每个病房本来预备八个人住的，原有八个小木榻，现在为着我们，改用了两个小铁床，上面铺着木板，把原来的八个小木榻堆叠在一角。这样的小铁床，我们几个人睡在上面都还没有什么问题，不过不免苦了大块头的王造时先生！王先生的高度并不比我们其他的几个人高，但是他却是从横的方面发展，睡在这样的小铁床上面，转身是一件很费考虑的工作，一不留神，恐怕就要向地上滚！沈先生用的本来也是小铁床，后来他的学生来探望他，看见他们所敬爱的这位高年老师睡的是木板，很觉不安，买了一架有棕垫的木床来送给他。沈先生最初不肯用，说我们六人既共患难，应有难同当，他个人不愿单独舒适一些，后来经过我们几个人再三劝说，他才勉强收下来用。沈先生的学生满天下，对于他总是非常敬爱，情意殷勤，看了很令人感动。我一方面钦佩这些青年朋友的多情，一方面也钦佩沈先生的品德感动他的学生的那样深刻。

我们虽有一个浴池式的浴室，但是不知道什么地方出了毛病，屡次修不好，所以一次都未曾用过。我们大家每逢星期日的夜里，便在餐室里洗澡，用的是一个长圆式的红漆木盆。因为天气冷，夜里大家仍须聚在餐室里面，所以一个人在火炉旁大洗其澡的时候，其余几个人仍照常在桌旁坐着，看书的看书，写信的写信，写文的写文，有的时候下棋的下棋，说笑话的说笑话，先后次序用拈阄的办法。第一次这样"公开"洗澡的时候，王造时先生轮第一，水很热，他又看到自己那个一丝不挂的胖胖的身体，大叫其"杀猪"！以他的那样肥胖的体格，自己喊出这样的"口号"，不禁引起了大家的狂笑！以后我们每逢星期日的夜里洗澡，便大呼其"杀猪"，虽则这个"口号"并不适用于每一个人。

临时的组织

我们所住的高等法院看守分所里的这个病室，因为是新造的，所以比较地清洁。墙上的白粉和墙上下半截的黑漆，都是簇簇新的，尤其侥幸的是，没有向来和监狱结着不解缘的臭虫。房前有个较大的天井，可以让我们在这里走动走动，也是件幸事。我们早晨七八点钟起身以后，洗完了脸，就都到这个天井里去运动。我们沿着天井的四周跑步。跑得最多的是公朴，可跑五十圈；其次是乃器，可跑二十五圈；其次是造时和我，可跑二十圈，虽然他后来减到十五圈，大概是因为他的肥胖的缘故；其次是千里，可跑十七圈。他很有进步，最初跑九圈就觉得过于疲乏，后来渐渐进步到十七圈。就是六十三岁的沈先生，也有勇气来参加，他最初可跑五圈，后来也进步到七八圈了。跑步以后，大家分道扬镳，再去实行自己所欢喜的运动。沈先生打他的太极拳，乃器打他的形意拳，千里也从乃器学到了形意拳，其余的都做柔软体操。早餐后，大家开始各人的工作，有的译书（造时），有的写文（乃器和我），有的写字（沈先生和公朴），有的温习日文（千里）。午饭后，略为休息，再继续工作。晚饭后，有的看书，有的写信，有的下棋。有的时候因为有问题要讨论，大家便谈做一团，把经常的工作暂搁起来，有的时候偶然有人讲着什么笑话，引得大家集中注意到那方面去，工作也有暂搁的可能。在准许接见的时期内，几乎每天有许多朋友来慰问我们。本来只认识我们里面任何一个人的，进来之后也要见见其余的五个人。这样一来，经常的工作也要暂时变动一下，虽我们都很希望常有朋友来谈谈，换换我们的单调的生活。但是自从西安事变发生以后，竟因时局的紧张，自12月14日以后，完全禁止接见，连家属都不准接见，于是我们几个人竟好像与世隔绝了！直至我拿着笔写这篇文字的时候（民国26年的1月13日），还是处在这样与世隔绝的境域中，我们的苦闷是不消说的。

不幸中的幸事是我们共患难的有六个朋友，否则我们恐怕要孤寂得更难受。我们虽然是在羁押的时候，却也有我们的临时的组织，我们"万众一心"地公推沈先生做"家长"。我们都完全是纯洁爱国，偏有人要误会我们为"反动"，所以不用"领袖"，或其他含有政治意味的什么"长"来称我们所共同爱戴的沈先生，却用"家长"这个名称来推崇他，我们想无论如何，总没有人再能不许我们有我们的"家长"吧！此外也许还有两个理由：一个理由是我们这几个"难兄难弟"在患难中的确亲爱得像兄弟一般；还有一个理由便是沈先生对于我们这班"难兄难弟"的爱护备至，仁慈亲切，比之慈父有过之无不及，虽则以他那样的年龄，而天真，活泼，勇敢，前进，却和青年们没有两样。除了"家长"之外，大家还互推其他几种职务如下：乃器做会计部主任，他原是一位银行家，而且还著过一本很精彩的《中国金融问题》，叫他来管会计，显然是可以胜任的。关于伙食、茶叶、草纸等等开支的财政大权，都握在他的掌中。造时做文书部主任，这个职务虽用不着他著《荒谬集》的那种"荒谬"天才，但别的不说，好几次写给检察官请求接见家属的几封有声有色的信，便是出于他的大手笔，至于要托所官代为添买几张草纸、几两茶叶，更要靠他开几张条子。公朴做事务部主任，稍为知道李先生的想都要佩服他的干事的干才，他所管的是好好贮藏亲友们送来的"慰劳品"，有的是水果，有的是菜肴，有的是罐头食物，有的是糖饼，他尤其要注意的是今天吃午饭以前有没有什么红烧肉要热一下，明天吃晚饭以前有什么狮子头要热一下（虽则不是天天有肉吃）！大家看见草纸用完了，也要大声狂呼"事务部主任！"所以他是够忙的。千里是卫生部主任，他的职务是比较的清闲，谁敢偶然把香蕉皮和橘子皮随意抛弃在桌上的时候，他便要低声细语道："卫生部主任要提出抗议了！"我被推为监察，这个名称怪大模大样的！我记得监察院院长似乎曾经说过，打不倒老虎，打死几只苍蝇也好。在我们这里既没有"老虎"可打，也没有"苍蝇"可欺，所以简直有"尸位素餐"之嫌，心里很觉得不安，便自告奋勇，兼任文书部和事务部的助理，打打杂。会计部主任和事务部主任常常彼此"捣乱"，他们每天要彼此大叫"弹劾"好几次！

深夜被捕

　　我对于国事的立场和主张，已很扼要地谈过了。这不仅是我一个人的主张，有许多热心救国的朋友们也都有这同样的主张，这不仅是我和我的许多朋友们的主张，我深信这主张也是中国大众的公意的反映。于是我们便以国民的地位，积极推动政府和全国各方面实行这个救亡的国策。我们自问很坦白、很恳挚，除了救国的赤诚外，毫无其他作用，但是出乎意外的是我和六位朋友——沈钧儒、章乃器、李公朴、王造时、史良和沙千里请先生——竟于民国25年11月22日的深夜在上海被捕！

　　在被捕的前两三天，就有朋友传来消息，说将有捕我的事实发生，叫我要特别戒备，我以胸怀坦白，不以为意，照常做我的工作。我这时的全部的注意力都集中在绥远的被侵略，每日所焦思苦虑的只是这个问题。本年11月22日下午6点钟我赶到功德林参加援绥的会议，到会的很多：银行界、教育界、报界、律师界等等，都有人出席。我于11点钟才离会，到家睡觉的时候已在当夜12点钟了。我上床后还在想着下一期《生活星期刊》的社论应该做什么题目，所以到了1点钟模样才渐渐睡去。睡得很酣，不料睡到2点半的时候，忽被后门的凶猛的打门声和我妻的惊呼声所惊醒。我在床铺上从睡梦中惊得跳起来，急问什么事。她还来不及回答，后门打得更凶猛，嘈杂的声音大叫其赶快开门。我这时记起前两三天朋友的警告，已明白了他们的来意。我的妻还不知道，因为我向来不把无稽的谣言——我事前认为无稽的谣言——告诉她，免她心里不安。她还跑到后窗口问什么人，下面不肯说，只是大打其门，狂喊开门。她怕是强盗，主张不开。

我说这是巡捕房来的，只得开，我一面说，一面赶紧加上一件外衣，从楼上奔下去开门，门开后有四个人一拥而入，其中有一个法国人，手上拿好手枪，作准备开放的姿势。他一进来就向随来的翻译问我是什么人，我告以姓名后，翻译就告诉他。他表示惊异的样子，再问一句："他是邹韬奋吗？"翻译再问我一句，我说不错，翻译再告诉他。他听后才把手枪放下，语气和态度都较前和缓得多了。我想他想象中的我也许是个穷凶极恶的强盗相，所以那样紧张，后来觉得不像，便改变了他的态度。他叫翻译对我说，要我立刻随他们到巡捕房里去。当时天气很冷，我身上只穿着一套单薄的睡衣，外面罩上一件宽大的外衣，寒气袭人，已觉微颤，这样随着他们就走，有些忍受不住，因为翻译辗转麻烦，便问那位法国人懂不懂英语，他说懂。我就用英语对他说："我决不会逃，请你放心。我要穿好衣服才能走，请你上楼看我穿好一同去。"他答应了，几个人一同上了楼。他们里面有两个是法租界巡捕房政治部来的，就是上面所说的那位法国人和翻译，还有两个是市政府公安局的侦探。上楼后我问那个法国人有什么凭证没有，他拿出一张巡捕房的职员证给我看。我一面穿衣，一面同那法国人和翻译谈话。谈话之后，他们的态度更和善了，表示这只是照公安局的嘱咐办理，在他们却是觉得很抱歉的。那法国人再三叫我多穿上几件衣服，公安局来的那两位仁兄在我小书房里东翻西看，做他们的搜查工作。我那书房虽小，堆满了不少的书报，他们手忙脚乱地拿了一些信件、印刷品和我由美国带回的几十本小册子。这两位仁兄里面有一位面团团的大块头，样子倒很和善，对我表示歉意，说这是公事。没有办法，并笑嘻嘻地对我说："我在弄口亲眼看见你从外面回家，在弄口走下黄包车后，很快地走进来。我想你还不过睡了两小时吧！"原来那天夜里，他早就在我住宅弄口探察，看我回家之后，才通知巡捕房派人同来拘捕的。我问他是不是只拘捕我一个人，他说有好几个，我想一定有好几个参加救国运动的朋友们同时遭难了，我心里尤其思念着沈钧儒先生，因为沈先生六十三岁了，我怕他经不住这种苦头。我除穿上平常的西装外，里面加穿了羊毛绒的里衣裤，外面罩上一件大衣，和四位不速之客走出后门。临走时我安慰了我的妻几句话，并轻声叫她于我走后赶紧用电话告知几位朋友。出了弄口之后，公安局的人另外去了，巡捕房的两个人用着备好的汽车，陪着我乘到卢家湾法巡捕房去。到时已在深夜的3点钟了。我刚下车，由他们押着走上巡捕房门口的石阶的时候，望见已有几个人押着史良女律师在前面走，离我有十几步路，我才知道史律师也被捕了。

聚精会神的工作

现在请再回转来谈谈《生活》周刊。

关于《生活》周刊，我在"萍踪寄语"初集里也略为谈到，也许诸君已知道大概了。这个周刊最初创办的时候，它的意旨和后来的很不相同，只是要传播传播关于职业教育的消息罢了。当时我对于这件事并不感到什么兴趣，甚至并不觉得这周刊有什么前途，更不知道我和它后来曾发生那样密切的关系。在事实上当时看的人也很少。大概创办了有一年的光景，王志莘先生因入工商银行任事，没有时间兼顾职业教育社，因为我原担任着编辑股主任的事情，便把这个周刊的编辑责任丢在我的身上，我因为职务的关系，只得把它接受下来。当我接办的时候，它的每期印数约有二千八百份左右，赠送的居多，所以这个数量并不算多。我接办之后，变换内容，注重短小精悍的评论和"有趣味、有价值"的材料，并在信箱一栏讨论读者所提出的种种问题。对于编排方式的新颖和相片插图的动目，也很注意。所谓"有趣味、有价值"，是当时《生活》周刊最注重的一个标语。空论是最没有趣味的，"雅俗共赏"的是有趣味的事实，这些事实，最初我是从各种英文的刊物里搜得的。当时一则因为文化界的帮忙的朋友很少很少，二则因为稿费几等于零，职业教育社同人也各忙于各人原有的职务，往往由我一个人唱独脚戏。最可笑的是替我自己取了六七个不同的笔名，把某类的文字"派"给某个笔名去担任！例如关于传记的由甲笔名专任，关于修养的由乙笔名专任，关于健康的由丙笔名专任，关于讨论的由丁笔名专任，关于小品文的由戊笔名专任，以此类推。简单说来，每个笔名都养成一个特殊的性格，这倒不是我的万能，因为我只能努力于收集合于各个性格的材料，有许多是由各种英文刊物里搜得的。搜求的时候，却须有相当的判断力，要真能切合于读者需要的材料。把材料搜得之后，要用很畅达、简洁而隽永的文笔译述出来。所登出的材料往往不是整篇有原文可据的译文，只是把各种相关联的材料，经过一番的消化和组织而造成的。材料的内容，仅有"有趣味"的事实还不够，同时还须"有价值"。所谓"有价值"，是必须使人看了在"进德修业"上得到多少的"灵感"（Inspi—ration）。每期的"小言论"虽仅仅数百字，却是我每周最费心血的一篇，每次必尽我心力就一般读者所认为最该说几句话的事情，发表我的意见。这一栏也最受读者的注意，后来有许多读者来信说，他们每遇着社会上发生一个轰动的事件或问题，就期待着看这一栏的文字。其次是信箱里解答的文字，也是我所聚精会神的一种工作。我不敢说我所解答的一定怎样好，但是我却尽了我的心力，有时并代为请教我认为可以请教的朋友们。

除了"唱独脚戏"的材料外，职业教育社的几位先生也常常做些文章帮忙。在这个初期里，毕云程先生做的文章也不少。关于国外的通讯，日本方面有徐玉文女士，美国方面有李公朴先生，都是很努力的。以上大概是最初两三年间的情形。我对于搜集材料，选择文稿，撰述评论，解答问题，都感到极深刻浓厚的兴趣，我的全副的精神已和我的工作融为一体了。我每搜得我自己认为有精彩的材料，或收到一篇有精彩的文字，便快乐得好像哥伦布发现了新大陆似的！我对于选择文稿，不管是老前辈来的，或是幼后辈来的，不管是名人来的，或是"无名英雄"来的，只须是好的我都要竭诚欢迎，不好的我也不顾一切地不用。在这方面，我只知道周刊的内容应该怎样有精彩，不知道什么叫做情面，不知道什么叫做恩怨，不知道其他的一切！

《生活》周刊在这阶段的内容，现在看来显然有着很多的缺点，不过我所指出的是当时的这种工作已引起了我的兴致淋漓的精神，使我自动地也用着全副的精神，不知疲乏地干着。同时还有一位好友徐伯昕先生，也开始了他对于本刊事业的兴趣。我接办本刊后，徐先生就用全力帮助我主持本刊营业的事务，他和我一样地用着全副的精神努力于本刊的事业。孙梦旦先生最初用一部分的时间加入努力，后来渐渐地用着他的全部的时间。最初经常替《生活》周刊努力的职员就只是这三个人。

一个小小的过街楼

　　从上次所谈的情形，已可看出《生活》周刊的创办并没有什么大宗的开办费。寥若晨星的职员三个，徐先生月薪二十几块钱，孙先生月薪几块钱，我算是主持全部的事业，月薪最多的了，每月拿六十块钱。我还记得当时在辣斐德路一个小小的过街楼，排了三张办公桌就已觉得满满的，那就是我们的编辑部，也就是我们的总务部，也就是我们的发行部，也就是我们的广告部，也就是我们的会议厅！我们没有大宗的经费，也没有什么高楼大厦。我们有的是几个"患难同事"的心血和努力的精神！我们有的是突飞猛进的多数读者的同情和赞助！《生活》周刊就在这种"心血""努力""同情"和"赞助"所造成的摇篮里长大起来的。

　　我永远不能忘记在那个小小的过街楼里，在几盏悬挂在办公桌上的电灯光下面，和徐孙两先生共同工作到午夜的景象。在那样静寂的夜里，就好像全世界上只有着我们这三个人，但同时念到我们的精神是和无数万的读者联系着，又好像我们是夹在无数万的好友丛中工作着！我们在办公的时候，也往往就是会议的时候，各人有什么新的意思，立刻就提出，就讨论，就议决，就实行！孙先生是偏重于主持、会计的事情，虽则他对发行方面也很努力；徐先生是偏重于营业和广告的事情，虽则他在总务方面也很重要；在编辑方面他常用"吟秋"的笔名作些漫画凑凑热闹，因为他不但在营业和广告方面富有创造的天才，而且也对于美术具有深切的兴趣。我的工作当然偏重于编辑和著述方面。我不愿有一字或一句为我所不懂的，或为我所觉得不称心的，就随便付排。校样也完全由我一人看，看校样时的聚精会神，就和在写作的时候一样，因为我的目的要使它没有一个错字，一个错字都没有，在实际上也许做不到，但是我总是要以此为鹄的，至少能使它的错字极少。每期校样要三次，有的时候，简直不仅是校，竟是重新修正了一下。讲到这里，我还要附带谢谢当时承印我们这个周刊的交通印刷所，尤其是当时在这个印刷所里服务的张铭宝先生和陈锡麟先生，他们不但不怪我的麻烦，而且都成了我的好朋友。

读者一天天多起来，国内外的来信也一天天多起来，我每天差不多要用全个半天来看信。这也是一件极有兴味的工作，因为这就好像天天和许多好友谈话，静心倾听许多读者好友的衷情。其中有一小部分的信是可以在周刊上公开发表和解答的，有大部分的信却有直接答复的必要。有的信虽不能发表，我也用全副精神答复，直接寄去的答复，最长的也有达数千字的。这虽使我感到工作上的极愉快的兴趣，乃至无上的荣幸，但是时间却渐渐不够起来了，因此只得摆脱一切原有的兼职，日夜都做《生活》周刊的事情，做到深夜还舍不得走。我的妻有一次和我说笑话，她说："我看你恨不得要把床铺搬到办公室里面去！"其实后来纵然"把床铺搬到办公室里面去"也是来不及的。后来最盛的时候，有五六个同事全天为着信件的事帮我的忙，还有时来不及，一个人纵然不睡觉也干不了！

但是《生活》周刊的发展是随着本身经济力的发展而逐渐向前推的，所以在增加职员方面不得不慢慢儿来，因此事务的增繁和人手的增多，常常不能成正比例。《生活》周刊本身经济力的发展，来源不外两方面：一方面是发行的推广，由此增加报费的收入，一方面是广告费的收入，随着销数的增加而增加。我们既没有什么大宗的经费，事业的规模不得不看这两方面的收入做进行的根据，因为我们是要量入为出的，但是我们所欣幸的，是我们可以尽量运用我们在这两方面的收入，扩充我们的事业，没有什么"老板"在后面剥削我们。关于这一点，我们不得不感谢职业教育社。当时《生活》周刊还在职业教育社的"蚌蜉"之下，我和徐孙诸先生都只是雇员，原没有支配的全权，但是职业教育社当局的诸先生全把这件事看作文化事业，一点没有从中取利的意思。

转变

　　《生活》周刊所以能发展到后来的规模，其中固然有着好多的因素，但是可以尽量运用本刊自身在经济上的收入——尽量运用这收入于自身事业的扩充与充实——这也是很重要的一点，关于这一点，我在上次已经略为谈过了。所以能办到这一点，我们不得不感谢职业教育社在经济上的不干涉。但是还有一件更重要的事情，我尤其不得不感谢职业教育社的，是《生活》周刊经我接办了以后，不但由我全权主持，而且随我个人思想的进展而进展，职业教育社一点也不加以干涉。当时的《生活》周刊还是附属于职业教育社的，职业教育社如要加以干涉，在权力上是完全可以做的，我的唯一办法只有以去就争的一途，争不过，只有滚蛋而已。但是职业教育社诸先生对我始终信任，始终宽容，始终不加以丝毫的干涉。就这一点说，《生活》周刊对于社会如果不无一些贡献的话，我不敢居功，我应该归功于职业教育社当局的诸先生。

　　《生活》周刊初期的内容偏重于个人的修养问题，这还不出于教育的范围，同时并注意于职业修养的商讨，这也还算不出于职业指导或职业教育的范围。在这个最初的倾向之下，这周刊附属于职业教育社，还算是过得去的。也许是由于我的个性的倾向和一般读者的要求，《生活》周刊渐渐转变为主持正义的舆论机关，对于黑暗势力不免要迎面痛击。虽则我们自始就不注重于个人，只重于严厉评论已公开的事实，但是事实是人做出来的，而且往往是有势力的人做出来的，因严厉评论事实而开罪和事实有关的个人，这是难于避免的。职业教育社的主要职责是在提倡职业教育，本来是无须卷入这种漩涡里面去的，虽职业教育社诸先生待我仍然很好，我自己却开始感到不安了。不但如此，《生活》周刊既一天天和社会的现实发生着密切的联系，社会的改造到了现阶段又决不能从个人主义做出发点，如和整个社会的改造脱离关系而斤斤较量个人的问题，这条路是走不通的。于是《生活》周刊应着时代的要求，渐渐注意于社会的问题和政治的问题，渐渐由个人出发点而转到集体的出发点了。我个人是在且做且学，且学且做，做到这里，学到这里，除在前进的书报上求锁钥外，无时不皇皇然请益于师友，商讨于同志，后半期的《生活》周刊的新的进展也渐渐开始了。研究社会问题和政治问题，多少是含着冲锋性的，职业教育社显然也无须卷入这种漩涡里面去，我的不安更加甚了。幸而职业教育社诸先生深知这个周刊在社会上确有它的效用，不妨让它分道扬镳向前干去，允许它独立，由《生活》周刊社的同人组成合作社，继续努力。在这种地方，我们不得不敬佩职业教育社诸先生眼光的远大，识见的超卓，态度的光明。《生活》周刊社以及由它所脱胎的文化机关，都是合作社的性质，关于这一点，我在《萍踪寄语》初集里面也曾经略有说明，在这里不想重述了。回想我和几位"患难同事"开始为文化事业努力到现在，我们的确只是以有机会为社会干些有意义的事为快慰，从没有想要从这里面取得什么个人的私利。我所以要顺便提出这一点，是因为社会上有些人的观念，看到什么事业办得似乎有些像样，便想到办的人一定发了什么财！有些人甚至看得眼红，或更有其他不可告人的卑鄙心理，硬说你已成了"资本家"，或诬蔑你括了多少钱！他们不管在我们的合作社里，社员最大的股款不得过二千元，到了二千元就根本没有任何利息可拿，五百元以上的股本所得的利息（倘若有的话），比二百五十元以下的股本所得的要少一倍。这可以造成什么"资本家"或括钱的机关吗？我和一班共同努力于文化事业的朋友们，苦干了十几年，大家还是靠薪水糊口养家。我们并不觉得什么不满意，我们的兴趣都在文化事业的本身。像我这样苦干了十几年，所以能得到许多朋友们不顾艰难地共同努力，所以能够始终得到许多共同努力的朋友们的信任，最大的原因还是因为我始终未曾为着自己打算，始终未曾梦想替自己括一些什么。不但我这样，凡是和我共同努力于文化事业的朋友们都是这样的。

几个原则

现在有些朋友想起办刊物，往往联想到《生活》周刊。其实《生活》周刊以及它的姊姊刊《新生》《大众生活》《永生》《生活星期刊》，都是有它们的特殊时代的需要，都各有它们的特点。历史既不是重复，供应各时代的特殊需要的精神粮食，当然也不该重复。但是抽象的原则，也许还有可以提出来谈谈的价值，也许可以供给有意办刊物的朋友们一些参考的材料，最重要的是要有创造的精神。尾巴主义是成功的仇敌，刊物内容如果只是"人云亦云"，格式如果只是"亦步亦趋"，那是刊物的尾巴主义。这种尾巴主义的刊物便无所谓个性或特色，没有个性或特色的刊物，生存已成问题，发展更没有希望了，要造成刊物的个性或特色，非有创造的精神不可。试以《生活》周刊做个例，它的内容并非模仿任何人的，作风和编排也极力"独出心裁"，不愿模仿别人已有的成例。单张的时候有单张的特殊格式，订本的时候也有订本的特殊格式。往往因为已用的格式被人模仿得多了，更竭尽心力，想出更新颖的格式来。单张的格式被人模仿得多了，便计划改为订本的格式，订本的格式被人模仿得多了，便计划添加画报。就是画报的格式和编制，也屡有变化。我们每看到一种新刊物，只要看到它的格式样样模仿着别人的，大概就可以知道它的前途了。

其次是内容的力求精警。尤其是周刊，每星期就要见面一次，更贵精而不贵多，要使读者看一篇得一篇的益处，每篇看完了都觉得时间并不是白费的。要办到这一点，不但内容要有精彩，而且要用最生动、最经济的笔法写出来。要使两三千字短文所包含的精义，敌得过别人的两三万字的作品。写这样文章的人，必须把所要写的内容，彻底明了，彻底消化，然后用敏锐活泼的组织和生动隽永的语句，一挥而就。这样的文章给予读者的益处显然是很大的：作者替读者省下了许多探讨和研究的时间，省下了许多看长文的费脑筋的时间，而得到某问题或某部门重要知识的精髓。

再其次，要顾到一般读者的需要。我在这里所谈的，是关于推进大众文化的刊物（尤其是周刊），而不是过于专门性的刊物。过于专门性的刊物，只要顾到它那特殊部门的读者的需要就行了，关于推进大众文化的刊物，便须顾到一般大众读者的需要。一般大众读者的需要当然不是一成不变的，所以不当用机械的看法，也没有什么一定的公式可以呆板地规定出来。要用敏锐的眼光、深切的注意和诚挚的同情，研究当前一般大众读者所需要的是怎样的"精神粮食"，这是主持大众刊物的编者所必须负起的责任。

最后我觉得"独脚戏"可以应付的时代过去了。现在要办刊物，即是开始的时候，也必须有若干基本的同志作经常的协助，"基本"和"经常"在这里有相当重要的意义。现在的杂志界似乎有一种对读者不很有利的现象：新的杂志尽管好像雨后春笋，而作家却仍然只有常常看得到他们大名的这几个。在东一个杂志上你遇见他，在西一个杂志上你也遇见他。甚至有些作家因为对于催稿的人无法拒绝，只有一篇的意思，竟"改头换面"做着两篇或两篇以上的文章，同时登在几个杂志上。这样勉强的办法，在作家是苦痛，在读者也是莫大的损失，是很可惋惜的。所以我认为非有若干"基本"的朋友作"经常"的协助，便不该贸贸然创办一个新的杂志。当然，倘若一个作家有着极丰富的材料，虽同时替几个杂志做文章，并没有像上面所说的那样虚耗读者的精力和时间的流弊，那末他尽管"大量生产"，我们也没有反对的理由。

还有初办刊物的人，往往着急于销路的不易推广。当然，发行的技术和计划也是刊物的一个重要部分，我们不得不承认这方面也应加以相当的注意。但是根本还是在刊物的内容。内容如果真能使读者感到满意，或至少有着相当的满意，推广的前途是不足虑的。否则推广方面愈用工夫，结果反而愈糟，因为读者感觉到宣传的名不副实，一看之后就不想再看，反而阻碍了未来的推广的效能。

社会的信用

　　《生活》周刊突飞猛进之后，时时立在时代的前线，获得国内外数十万读者好友的热烈的赞助和深挚的友谊，于是所受环境的逼迫也一天天加甚。我参加蔡子民、宋庆龄诸先生所领导的民权保障同盟不久以后，便不得不暂离我所爱的职务而作欧洲之游。在这时候的情形，以及后来在各国的状况，读者诸君可在《萍踪寄语》初集、二集和三集里面看到大概。我于前年9月初由美回国，刚好环游了地球一周，关于在美几个月考察所得，都记在《萍踪忆语》里面，在这里不想多说了。回国后主办《大众生活》，反映全国救亡的高潮，现在有《大众集》留下了这高潮的影像。随后在香港创办《生活日报》，这在本书《在香港的经历》一文里可见一斑。自"九一八"国难发生以来，我竭尽我的心力，随同全国同胞共赴国难。一面尽量运用我的笔杆，为国难尽一部分宣传和研讨的责任，一面也尽量运用我的微力，参加救国运动。

　　十几年来在舆论界困知勉行的我，时刻感念的是许多指导我的师友，许多赞助我的同人，无量数的同情我的读者好友。我常自策勉，认为报答这样的深情厚惠于万一的途径，是要把在社会上所获得的信用，完全用在为大众谋福利的方面去。我深刻地知道，社会上所给我的信用，绝对不是我个人所造成的，是我的许多师友、许多同人以及无量数的读者好友直接间接所共同造成的。因此也可以说，我在社会上的信用不只是我的信用，也是许多师友、许多同人乃至无量数的读者好友所共有的。我应该尽善地运用这种信用，这不只是对我自己应负的责任，也是对许多师友、许多同人乃至对无量数的读者好友所应负的责任。

我这信用绝对不为着我个人自己的、私的目的而用，也不被任何个人或任何党派为着私的目的所利用，我这信用只许为大众而用。在现阶段，我所常常考虑的是：怎样把我所有的能力和信用运用于抗敌救亡的工作？

　　我生平没有私仇，但是因为现实的社会既有光明和黑暗两方面，你要立于光明方面，黑暗方面往往要中伤你，中伤的最容易的办法，是破坏你的社会上的信用。要破坏你在社会上的信用，最常见的方法是在金钱方面造你的谣言。

　　我主持任何机关，经手任何公款，对于账目都特别谨慎，无论如何，必须请会计师查帐，得到证书。这固然是服务于公共机关者应有的职责，是很寻常的事情，本来是不值得提起的。我在这里所以还顺便提起的，因为要谈到社会上有些中伤的造谣阴谋，也许可供处世者避免陷害的参考。

　　也许诸君里面有许多人还记得，在马占山将军为抗敌救国血战嫩江的时候，《生活》周刊除在言论上大声疾呼，唤起民众共同奋斗外，并承国内外读者的踊跃输将，争先恐后地把捐款交给本刊汇齐汇寄前方。其中有一位"粤东女子"特捐所得遗产二万五千元，亲交给我收转。这样爱国的热诚和信任我们的深挚，使我们得到很深的感动。当时我们的周刊社的门口很小，热心的读者除邮汇捐款络绎不绝外，每天到门口来亲交捐款的，也挤得水泄不通。其中往往有卖菜的小贩和挑担的村夫，在柜台上伸手交着几只角子或几块大洋，使人看着发生深深的感动，永不能忘的深深的感动！当时我们的同事几乎全体动员，收款的收款，算账的算账，忙得不得了，为着急于算清以便从早汇交前线的战士，我们往往延长办公时间到深夜。这次捐款数量达十二万元，我们不但有细账，有收据，不但将捐款者的姓名公布（其先在本刊上公布，后来因人数太多，纸张所贴不资，特在"征信录"上全部公布，分寄各捐户），收据也制版公布，并且由会计师（潘序伦会计师）查账，认为无误，给与证明书公布。这在经手公款的人，手续上可说是应有尽有的了。但是后来仍有人用文字散布谣言，说我出国视察的费用是从捐款里括下来的！我前年回国后，听到这个消息，特把会计师所给的证明书制版，请律师（陈霆锐律师）再为登报宣布。但是仍有人故作怀疑的口吻，抹煞这铁一般的事实！这样不顾事实的行为，显然是存心要毁坏我在社会上的信用，但是终于因为我的铁据足以证明这是毁谤诬蔑，他们徒然"心劳日拙"，并不能达到他们的目的。

　　我们只要自己脚跟立得稳，毁谤诬蔑，是不足畏的。

立场和主张

　　黑暗势力的陷害方法，除在经济方面尽其造谣的能事外，还有一个最简便的策略，那便是随便替你戴上帽子！这不是夏天的草帽，也不是冬季的呢帽，却是一顶可以陷你入罪的什么派什么党的帽子！其实戴帽子也不一定是丢脸的事情，有害尽苍生的党，有确能为大众谋幸福的党，前者的帽子是怪可耻的，后者的帽子却是很光荣的。但是这不过就一般说，讲到我个人的实际情形，一向并未曾想到这个帽子问题；再直截了当地说一句，我向来并未加入任何党派，我现在还是这样。我说这句话，并不含有褒贬任何党派的意味，只是说出一件关于我个人的事实。但是同时却不是说我没有立场，也不是说我没有主张。我服务于言论界十几年，当然有我的立场和主张。我的立场是中国大众的立场，我的主张是自信必能有益于中国大众的主张。我心目中没有任何党派，这并不是轻视任何党派，只是何党何派不是我所注意的，只须所行的政策在事实上果能不违背中国大众的需求和公意，我都肯拥护，否则我都反对。我自己向来没有加入任何党派，因为我这样看法：我的立场既是大众的立场，不管任何党派，只要它真能站在大众的立场努力，真能实行有益大众的改革，那就无异于我已加入了这个党了，因为我在实际上所努力的也就是这个党所要努力的。

　　我虽有明确的立场和主张，但是因为有着这样的看法，所以向来未曾加入任何党派。现在呢？现在是整个民族生死存亡万分急迫的时候，除少数汉奸外，大多数的中国人都在挣扎着避免沦入亡国奴的惨劫。在这个时候，我们要积极提倡民族统一阵线来抢救我们的国家。要全国团结御侮，一致对外，我更无须加入任何党派，只须尽我的全力促进民族统一阵线的实现，因为这是抗敌救亡的唯一有效的途径。民族统一阵线或称联合阵线，或称民族阵线，名词上的差异没有什么关系，最重要的是我们要彻底了解这阵线的意义和它对于抗敌救亡的关系。所谓民族统一阵线是：全国人民，无论什么阶级，无论什么职业，无论什么党派，无论有什么信仰的人们，都须在抗敌救亡这个大目标下，团结起来，一致对付我们民族的最大敌人。在这个民族阵线之下，全国的一切人力、财力、物力，都须集中于抗敌救亡。为保障民族阵线的最后胜利，凡是可以增加全国力量的种种方面，都须千方百计地联合起来，凡是可以减少或分散全国力量的种种方面，都须千方百计地消灭或抑制下去。无论任何个人和个人，任何集体和集团，纵然在已往有过什么深仇宿怨，到了国家民族危亡之祸迫于眉睫的时候，都应该把这深仇宿怨抛弃不顾，联合彼此的力量来抢救这个垂危濒亡的国家民族。

这不是空论，这是中国在当前危迫时期内的大众在主观方面的急迫要求，也是侵略国的严重压迫和残酷进攻在客观方面所造成的需要。这是现阶段中国前途的大势所趋，我们只须本着这个认识，以国民的立场，各就各的力量，从种种方面促其实现，前途是有绝对胜利的把握的。如有逆着这个大势而自掘坟墓的，必然要自趋灭亡，绝对不能阻碍这个大势的推进。我们所要努力的是在积极方面促进这个伟大运动的实现。再就具体一些说，民族统一阵线的第一个条件是必须停止一切内战，全国团结起来，枪口一致对外。武力虽非抗敌救亡的唯一工具，但无疑地是最重要的一种工具。外患如此急迫，中国人如以仅有的武力消耗于内战，即是减少对外的力量，即是间接增强侵略国加速沦亡中国的力量，为增强整个中国抗敌救亡的实力计，停止一切内战是有绝对的必要。第二个条件是要解放民众救国运动，军力必须和民力配合起来，才有动员全国力量一致对外的可能，所以关于民众救国的组织和救国言论的自由，必须有切实的开放和保障。

关于民族统一阵线的研究，我在所著的《坦白集》里已有较详的讨论，在这里只提出尤其重要的话来说一下。这是我就大众的立场，根据大众的利益，断然认为是当前抗敌救亡的最重要的主张。只须能尽我的微薄的力量，推进或促成这个主张的实现，任何个人的艰险，是在所不辞的。

当然，我们对于国事的主张是要根据当前的现实，我在这里所提出的，只是专就抗敌救亡的现阶段的中国说。

波动

七八年来，我的脑际总萦回着一个愿望，要创办一种合于大众需要的日报。在距今四年前，由于多数读者的鼓励和若干热心新闻事业的朋友的赞助，已公开招股筹办，于几个月的短时期内招到了十五万元的股本，正在准备出版，不幸以迫于环境，中途作罢，股款连同利息，完全归还。这事的经过，是读者诸友所知道的。但是要创办一种合于大众需要的日报，这个愿望仍继续地占据了我的心坎，一遇着似乎有实现这件事的可能性的机会，即又引起我的这个潜伏着的愿望的波动。

有一位老友在香港住过几个月，去年年底到上海，顺便来访问我，无意中谈起香港报界的情形。据说在那个地方办报，只须不直接触犯英国人的利益，讲抗敌救国是很有自由的。而且因为该地是个自由港，纸张免税，在那里办报可从纸张上赚些余利来帮助维持费，比别处日报全靠广告费的收入，有着它的特点的优点。这位老友不过因谈到香港的状况而顺便提及香港报界的一些情形，他虽言之无意，我却听之有心，潜伏在我心坎里多时的那个愿望又起了一次波动。

今年（1936年——编者）的3月间，我便带着这样暗示的憧憬到香港去看看。我先找些当地新闻界的朋友谈谈，我们虽然是初次见面，但是因为在文字上久已成了神交，所以很承蒙他们热诚指教，认为可以办。

于是我便想到经费。我坚决地认为大众的日报不应该是一两个大老板出钱办的，所以我无意恳求一两个大老板的援助。又坚决地认为大众的日报应该要完完全全立于大众的立场，也不该由任何一党一派出钱办的，所以我也无意容纳任何党派的援助，结果当然想到公开招股的办法。但是公开招股无论怎样迅速，不是在很短的时期内所能完成的，尤其是因为要顾到入股大众的利益和创办者的信用起见，我们决定在公司创立还未开幕以前，对已收到的股款不应先有丝毫的动用。要印日报，非自备印刷机不可，因为找不到相当的印刷所来承印。办报自备印刷机，是一项很大的开支，这是又一个难题！但是事有凑巧，不久有一个印刷公司因为要承印一家日报，从德国买到了一个1935年式的最新印刷机，每小时能印日报一万九千份。那家报的每日印数只有一万份，所以这部印刷机很有充分的时间余下来再承印另一家报。这个意外的机会使我兴奋起来，因为印刷机无须自备，这至少在短时期内使我们在经济上轻松了许多，至于此外的开办费和暂时的维持费，那是有设法的可能的。

这样，我才开始筹备。我在上面已经说过，已收到的股款，在公司创立还未开幕以前，不应先有丝毫的动用，我当然要严守这个原则。但是要先把《生活日报》试办起来，是不能不用钱的。我便和在上海的几位热心文化事业的好友商量，由我们几个人辗转凑借了一笔款子，经过一个多月的特别快的筹备苦工，到6月7日那一天，七八年来梦寐萦怀的《生活日报》居然呱呱堕地了！其实在香港的读者和它第一次见面虽在6月7日的早晨，而这个孩子的产生却在6日的深夜。那天夜里我一夜没有睡，自己跑到印刷所里的工场上去，我亲眼看着铸版完毕，看着铸版装上卷筒机，看着发动机发动，听着机声隆隆——怎样震动我的心弦的机声呵！第一份《生活日报》刚在印机房的接报机上溜下来的时候，我赶紧跑过去接受下来，独自拿着微笑。那时的心境，说不出的快慰的心境，不是这枝秃笔所能追述的！这意思并不是说我对于这个"处女报"的格式和内容已觉得满意——不，其实还有着许多的不满意——但是我和我的苦干着的朋友们的心血竟得到具体化，竟在艰苦困难中成为事实，这在当时的我实不禁暗中喜出了眼泪的！我知道这未免有些孩子气，有些"生惕门陀"（Sentimental），但是人究竟是感情的动物，我也就毫不隐饰地很老实地报告出来。我们因为试办的经费是由几个书呆子勉强凑借而成的，为数当然很有限，所以报馆是设在贫民窟里，经过了不少的困难和苦斗。如今追想前尘影事，虽觉不免辛酸，但事后说来，也颇有趣，下次再谈吧。

贫民窟里的报馆

　　我在上次和诸君谈过，我们在香港的报馆因为试办的经费是由几个书呆子勉强凑借而成的，为数很有限，所以是设在贫民窟里。但是说来好笑，我正在香港贫民窟里筹办报馆的时候，香港有一家报纸登出一段很肯定的新闻，说我被广西的当局请到南宁去，担任广西省府的高等顾问，同时兼任南宁《民国日报》总主笔和广西大学教授，每月收入在六百元以上云云。你看这多么阔！不但"顾问"，而且是"高等"，不但兼了"总主笔"，而且还兼着"大学教授"！一身兼这样的要职三个，依我们所知道的一般情形看来，每月收入仅仅在六百元以上，似乎还未免过于菲薄的。但是在我这样的一个穷小子看来，确觉得这是一个不小的数目，而且老实说，确也有些垂涎欲滴！因为我自从结束苦学生的生活，在社会里混了十多年以来，从来没有赚过这样大的薪水。自从在十年前因《生活》周刊业务发达，我不得不摆脱其他一切兼职——要附带声明的是这里没有什么"高"，没有什么"总"，也没有什么"大"，只是有着夜校教员之类的苦工——用全副精神来办这个刊物，计算起来，每月收入总数还少去十块大洋，十年来一直是这样。我有大家族的重累，有小家庭的负担，人口日增，死病无常，只靠着一些版税的收入贴补贴补，因为出国视察借了一笔款子，有好几本著作的版税已不是我自己的，除把版税抵消一部分，还欠着朋友们几千块钱，一时无法偿还。不久以前一个弟弟死了，办丧事要举债，最近有一个庶母死了，办丧事又要举债。好了，不罗嗦了，在这样严重的国难里面几乎人人都有"家难"的时代，我知道诸君里面有着同样痛苦或更厉害的痛苦的一定不少，我不该多说关于个人的诉苦的话，我只是说像我们这样的穷小子，"每月收入在六百元以上"并不是用不着，但是我们为保全在社会上的事业的信用，我们绝不能无条件地拿钱，而且我们知道仅仅孜孜于在各个人的圈子里谋解决，也得不到根本的解决。

话越说越远，我不得不请诸君原谅，现在再回转头来谈谈在香港贫民窟里办报的事情吧。我在香港只是在贫民窟里办报，从未到过广西，所以谁做了广西政府的"高等顾问"等等，我不得而知，所知道的只是在香港的贫民窟里所办的那个报馆。香港的市面和大多数的居民是在山麓，这是诸君所知道的。在这里你要看看豪华区域和贫苦区域的对比，比在任何处来得便当，因为你只要跑到山上的高处俯瞰一下，便看得见好像汪洋一大片的所谓西营盘和它的附近地方，都是些狭隘龌龊的街巷和破烂不堪的房屋，像蚁窟似的呈现在你的眼前。但是除了这样整批的贫民窟之外，在热闹的市面，于广阔的热闹街道的中间，也夹有贫民窟，这可说是零星的贫民窟。我们的报馆一面要迁就热闹市面的附近，一面又出不起那昂贵的屋租，所以便选定了一个零星贫民窟里的一条小街上的一所小屋——就是也许已为诸君所耳熟的利源东街二十号。

这一条短短的小街虽在贫民窟里，虽然汽车货车不许进去，地势却很好，夹在最热闹的德铺道和皇后大道的中间，和印刷所也很近。这屋子号称三层楼，似乎和"高等顾问"有同样阔绰的姿态，但是每层只有一个长方形的小房间，房间的后面有一个很小的厨房，前面临街有一个窄得只够立一个人的露台。至于屋子材料的窳陋，那是贫民窟房屋的本色，不足为怪。天花板当然是没有的，你仰头一望，便可看得见屋顶的瓦片。上楼是由最下层的铺面旁边一个窄小的楼梯走上去的，你上去的时候，如不凑巧有一个人刚从上面下来，你只得紧紧地把身体贴在墙上，让他唯我独尊地先下来，这好像在苏州狭隘的街上两辆黄包车相碰着，有着那样拥挤不堪的滑稽相。屋子当然是脏得不堪，但是因为包括铺面的关系，每月却要租一百块钱。我承蒙一位能说广东话的热心朋友陪着到经租账房那里去，往返商量了好几趟，在大热天的炎日下出了好几次大汗，总算很幸运地把每月屋租减到九十块钱。

这样脏得不堪的房子，当然需要一番彻底的粉刷，否则我实在不好意思请同事踏进去，并不是嫌难看，要努力办事不得不顾到相当的健康环境。可是那里的粉墙经过粉刷了五次，才有白的颜色显露出来。泥水匠大叫倒霉，因为他接受这桩生意的时候，并未曾想到要粉刷到五次才看得见白色。我不好意思难为他，答应他等到完全弄好之后，加他一些小费。那个窄小的楼梯，是跑二楼和三楼必经之路，楼梯上的木板因年久失修，原来平面的竟变成了凹面的了，有的还向下斜，好像山坡似的，于是不得不的修的修，换的换，这也是和房东办了许多交涉而勉强得到的。

　　谈起来似乎琐屑，在当时却也很费经营，那是小便的地方。在那贫民窟的屋子里，一般人的习惯，厨房里倒水的小沟（楼上也有，由水管通到下面去），同时就是小便的所在，所以厨房和楼下的屋后小弄，便是臭气蒸蒸的区域。报馆里办事的人比较得多，需要小便的人无法使它减少，如沿用一般人的办法，大家恐怕要熏得头痛，无法办公了。说的话已多，这事怎样解决，只得且听下回分解吧。

惨淡经营之后

　　在贫民窟里办报馆，布置起来确是一件怪麻烦的事情！我曾经说过，我们的报馆所在地的利源东街，是夹在两条最热闹的街道的中间。在那两条最热闹的街道上，各店铺里的卫生设备是不成问题的，因为在地下都装成现成的沟筒，他们都可以装设抽水马桶和有自来水冲的白瓷小便斗。但是利源东街离这两条大街虽不过几步远，情形便大不同了，因为那条街上的住户根本没有力量享受卫生的设备，所以地下根本就没有什么卫生设备适用的沟筒。你独家要装设也可以，不过先要就马路的下面装设沟筒，从大街的地下沟筒接到屋里的地下来才行。这项工程至少要花掉一千多块港币，合华币要近两千块大洋，这当然不是我们这样的穷报馆所出得起的，只得想都不去想它。那几天我常常到报馆里去视察修理工程的进行，屡次有"苦力"模样的不速之客跑来盘问，他讲的是广东话，我一窍不通，但是他却"锲而不舍"，找个懂广东话的朋友来翻译一番，才知道他为的是马桶问题。原来在那个贫民窟里倒马桶的生意，也有好几个人要像竞争国选那样地热烈，争取着"倒权"！他们的这种重要的任务，却也很辛苦，每夜1点钟的时候，就要出来到各户去执行"倒权"的，在取得"倒权"以前，还要经过一番激烈的竞争。在我们呢？马桶问题倒不及他们那样着急，因为我们把第二层的后间那个小厨房粉刷一番，叫木匠师傅用木板来隔成两个小间，买两个白瓷马桶，加些臭药水，还勉强过得去。所要设法解决的是小便所问题，我原想买个白瓷小便斗，装在自来水龙头下面，斗底下装一个管子，通到下层地下深处的泥里去，这样可以不必以后弄为尾间，稍稍顾到公众的卫生。主意打定之后，便和一位能讲广东话的朋友同跑到一家专卖白瓷抽水马桶和白瓷小便斗的公司里去接洽。那公司里的执事先生们听说是个报馆里要装白瓷小便斗，以为是一件很阔的生意，很殷勤地特派一位"装设工程师"到我们的报馆里来设计，我们觉得却之不恭，只好让他劳驾。那位"装设工程师"一踏进我们的小厨房便摇头，他说在这里要装设白瓷小便斗，先要打样绘图呈请香港政府核准，领取执照，否则便是违法的行为，干不得！我问他，在那条街上一般住户都是在厨房的水沟里随意小便，使厨房和后弄都臭气熏蒸，是否也要呈请香港政府核准呢？他知道这是开玩笑的话，彼此付之一笑。但是小便所问题还是未得解决。最后只得雇泥水匠，用白瓷砖就水沟的洞口砌成一个方形的大斗，下面挖洞，每日由茶房负责倒水冲几次，由那里还是要流到后弄去，那也就无可如何的了。这在该处的泥水匠是一个新式的"工程"，做得不对，以致做了又拆，拆了又做，经过几次的麻烦，才算勉强完事。当然，若要人不知，除非己莫为，天下事是终要水落石出的。在登记完毕以后，是谁在那里主办，终要被香港政府知道。不过英国人素以"法治"自许，在法定的手续完毕之后，除非你在法律上犯了什么罪名，他们是不好意思随随便便取消你的登记的。最糟的是在登记的时候，他们如果已在疑心生暗鬼，便要干脆地不准许，在已经准许之后，却不致随随便便取消你的登记。这种"法治"的实质究有几何，姑且不论，但说来好笑，据说住在香港的一般广东老，遇着与人吵嘴的时候，他常要这样地警告对手的人："你不要这样乱来，这是个法治的地方呵！"无论如何，后来香港政府的警务处终于知道那个报是我在那里主办的，这不足怪，因为他们有侦探，这种情报当然是可以得到的。

这虽不致就取消我们的登记，但是既受他们的严重的注意，就不免要增加许多麻烦。他们要进一步抓到我们的把柄。有一次香港某银行的经理，因为香港政府禁止青年会民众歌咏会的事情去见警务司，刚巧我们的报上发表一篇鼓励这歌咏会的社论，那位警务司便再三向他法问我为什么要在香港办报，并老实说他们无时不在严重地注意我。同时有朋友来告诉我，说警务处曾有公文到新闻检查处（香港政府设的），叫检查处每天要把检查《生活日报》时所抽去的言论和新闻汇送到警务处查阅。他们的意思以为已经检查过的东西不会有什么毛病，被检查抽去的东西便一定要露出马脚来，一旦被他们捉着可以借口的证据，那就可以开刀了！这可见我们当时所处的环境的紧张。但是事实究竟胜雄辩，他们的侦探，他们的检查员，费了许多工夫之后，所得到的最后结论却很妙，他们说："这只是几个读书人办的报，没有什么政治的背景！"倘若他们所谓"政治的背景"是指有什么党派的关系，那我们当然是丝毫没有，他们的话是完全对的，但是我们却未尝没有我们的背景！我们的背景是什么？是促进民族解放，推广大众文化！我们是完全立在民众的立场办报，绝对和任何党派没有关系，但是我们办报却也有我们的宗旨。我们的宗旨是要唤起民众，共同奋斗来抗敌救国。

但是我们总算侥幸得很，在他们的那个"最后结论"之下，我们少了许多不必要的麻烦，我们不但得到警务处的谅解，而且也得到新闻检查处的谅解。但是这个意思却也不是说新闻检查处就一定没有麻烦，关于香港的新闻检查处，有它的很有趣的特别的情形，留待下次再谈。

新闻检查

谈起香港的新闻检查，却有它的饶有趣味的别致的情形，虽则在我们主张言论自由的人们，对于新闻检查总觉得是一件无法欢迎的东西。

香港原来没有什么新闻检查处，自从受过海员大罢工的重大打击之后，惊于舆论作用的伟大，害怕得很，才实行新闻检查，虽明知和英国人所自诩的"法治"精神不合，也顾不得许多了。据我们的经验，香港新闻检查处有几种最通不过的文字，其一便是关于劳工问题，尤其是关于提倡劳工运动的文字。香港的新闻检查原在吃了工潮苦头之后才有的，他们最怕的当然是直接或间接和劳工有关系的文字。例如陶行知先生的《一个地方的印刷工人生活》那首诗，说什么"一家肚子饿，没有棉衣过冬，破屋呼呼西北风，妈妈病得要死，不能送终！"这些话是他们所最怕听的！至于那首诗的末段："骂他他不痛，怨天也无用，也不可做梦。拳头联起来，碰！碰！碰！"那更是他们听了要掩耳逃避的话语！所以这首诗在香港完全被新闻检查处抽去，后来我们把它带到上海来，才得和诸君见面（见《生活星期刊》第12号）。

他们不许用"帝国主义"，所以各报遇着这个名词，总写作"XX主义"，读者看得惯了，也就心领意会，知道这"XX"是什么。我们知道，在上海各种日报上还可以把这四个字连在一起用，这样看来，香港新闻检查似乎更严厉些。其实也不尽然，例如在上海有许多地方为着"敦睦邦交"，只写"抗X救国"，在那里，这"抗"字下的那个字是可以到处明目张胆写出来的。中国人在那里发表抗敌救国的言论倒比上海自由得多。这在我们做中国人的说来虽觉汗颜无地，但却是事实。《生活日报》开张的第一天，香港的日本领事馆就派人到我们的报馆里订报一份，好像公然来放个炸弹！但是我们后来对于抗敌救国的主张还是很大胆地发表出来。

他们不但检查新闻，言论同样地要受检查。有些报纸上的社论被他们完全抽去，因为夜里迟了，主笔先生走了，没有第二篇赶去检查，第二天社论的地位便是一大片雪白，完全开着天窗，这是在别处所未见的。有一天看见某报社论的内容根据四个原则，里面列举这四原则，但是在（一）下面全是接连着的几行XX，在（二）、（三）、（四）各项下面也都同样地全是接连着的几行XX！这篇东西虽然登了出来，任何人看了都是莫名其妙的。《生活日报》的社论还算未有过这样的奇观，我每晚写好社论之后，总是要等到检查稿送回才离开报馆。有一夜因检查搁置太迟，我想内容没有什么"毛病"，先行回家，不料一到家，踏进门口，就得到报馆电话说社论被删去了一半！我赶紧猛转身奔出门，叫部汽车赶回报馆，飞快地写过半篇送去再试一下，幸得通过，第二天才得免开一大块天窗。其实我所要说的意思还是被我说了出来，不过写的技术更巧妙些罢了。不论他们删除得怎样没有道理，你都无法和他们争辩，都无法挽回。有一次我做了一篇《民众歌咏会前途无量》，结语是："我们希望民众歌咏会普遍到全中国，我们愿听到十万百万的同胞集体的'反抗的呼声'！"这末了五个字是我引着香港青年会发起这歌咏会的小册子中的话，但是他们硬把"反抗的呼声"这几个字删去，成为"XXXXX"，我看了非常的气，尤其是因为检查处的人也都是中国人，但气有什么用？

有时因为检查员没有看懂，有的话语也可以溜过去。据说某报有一次用了"布尔乔亚"这个名词，检查员看不懂，立刻打电话给那个报馆的主笔，查问这究竟是个什么家伙，答语说是"有钱的人"！有钱的人应该是大家敬重的，于是便被通过了！

广告虽不必检查，但报馆要依检查处的禁例，自己注意。例如登载白浊广告，"浊"字要用口的符号来代替，和生殖器或性交等等有关系的字样都要用口的符号来代替。据说他们的理由是：凡是你不可以和自己的姊妹说的，就不可以登出来。这理由可说是很别致的！说来失敬，帝国主义和白浊竟被等量齐观，因为在各报的广告上（大都是属于书籍的广告），也只可以用口口来代替"帝国"两个字。

船上的民族意识

　　记者前天（21 日）上午写《到新加坡》那篇通讯时，不是一开始就说了一段平风浪静的境界吗！昨天起开始渡过印度洋，风浪大起来了，船身好像一蹲一纵地向前迈进，坐在吸烟室里就好像天翻地覆似的，忍不住了，跑到甲板上躺在藤椅里不敢动，一上一下地好像腾云驾雾，头部脑部都在作怪，昨天全日只吃了面包半块，做了一天的废人，苦不堪言。今天上午风浪仍大，中午好了一些，我勉强吃了一部分的中餐，下午吸烟室里仍不能坐。写此文的时候，是靠在甲板上的藤椅里，把皮包放在腿上当桌子用，在狂涛怒浪中缓缓地写着，因明日到科伦坡待寄，而且听说地中海的风浪还要大，也许到那时，通讯不得不暂搁一下。

　　船自新加坡开行后，搭客中的中国人就只剩了七个。黑色的朋友上来了十几个（印度人），他们里面的妇女们手上戴了许多金镯，身上挂了不少金链，还要在鼻孔外面的四处嵌上一粒金制的装饰品，此外都是黄毛的碧眼儿。有一个嫁给中国人的荷兰女子，对于中国人表示特别好感，特别喜欢和中国人攀谈。

　　同行中有一位李君自己带有一个帆布的靠椅，预备在甲板上自己用的，椅上用墨写明了他的中西文的姓名以作标志。前天下午他好端端地、舒舒服服地躺在上面，忽然来个大块头外国老太婆，一定要把他赶走，说这个椅是她的。李君把椅上写明的姓名给她看，她不肯服，说他偷了她的椅子，有意写上自己的姓名！于是引起几个中国人的公愤，我们里面有位甲君（代用的）

尤其愤激，说"中国人都是做贼的吗？这样的欺侮中国人，我们都不必在国外做人了！这还了得！"我看他那一副握拳擦掌切齿怒目的神气，好像就要打人似的。还有一位乙君持极端相反的意见，他说："中国人出门就准备着吃亏的，"又说："自己不行（指中国），有何话说！"他主张不必认真计较。当时我刚在吸烟室里写文章，他们都仓皇地跑进来告诉我，我说老太婆如不讲理，可将情形告诉船上的管事人，倘若她自己也带了一张椅子，因找不到而误认的话，可叫管事人替她找出来，便明白了。后来果然找到了她自己的椅子，对李君道歉，而且觉得很难为情。听说她原有几分神经病，甲君仍怒不可遏，说不管有没有神经病，总是欺侮中国人，于是他仍就狠狠地热血沸腾地对着这个老太婆加了一番教训，并在背后愤愤地大说乙君的闲话。

中国人到国外易于被人凌辱，却是一件无可为讳的事实。理由很简单，无非是国内军阀官僚们闹得太不像样，国际上处处给人轻视，不但大事吃亏，就是关于在国外的个人的琐屑小事，也不免受到影响。例如船上备有浴室，如遇着是中国人正在里面洗浴，来了一个也要洗浴的西人，往往打门很急，逼着速让，那种无理取闹的举动，虽限于少数的"死硬"派，无非含有轻视中国人的意味。

不过有的时候也有自己错了而出于神经过敏的地方。此次同行中有一位"同胞"（赴外国经商的）说话的声音特别的响亮，极平常的话，他都要于大庭广众前大声疾呼。除登台演说外，和一两人或少数人谈话原不必那样卖力，但是这位仁兄不知怎样成了习惯，不开口则已，一开口就非雷鸣不可。这当然易于惹人厌恶，我曾于无人处很和婉地提醒他，请他注意，他"愿安承教"了，但过了一天，故态复萌，有一夜他在房里又哗拉哗拉起来，被对房睡了觉爬起来的一个德国人跑过来办交涉，他事后愤然地说，在自己房里说说话有什么犯法，他觉得这又是选定中国人欺侮了！

自"九一八"中国暴露了许多逃官逃将以来，虽有马占山部及十九路军的昙花一现的暂时的振作，西报上遇有关于中国的漫画，不是画着一个颠顸大汉匍匐呻吟于雄赳赳的日军阀枪刺之下，便是画着前面有一个拖着辫子的中国人拼命狂奔，后面一个日本兵拿着枪大踏步赶着，这样的印象，怎能引起什么人的敬重？至于外国人中的"死硬"派，那更不消说了，这都是"和外"的妙策遗下的好现象！

到国外每遇着侨胞谈话，他们深痛于祖国的不振作，在外随时随地受着他族的凌辱蹂躏，呼吁无门，所表示的民族意识也特别的坚强，就是屡在国外旅行的雷宾南先生，此次在船上的时候和记者长谈，也对此点再三的注意，可见他所受到的刺激也是很深刻的。我说各殖民地的民族革命，也是促成帝国主义加速崩溃的一件事，不过一个民族中的帝国主义的附属物不铲除，为虎作伥者肆无忌惮，民族解放又何从说起呢？这却成为一个先决问题了。

1933 年 7 月 23 日，佛尔第号船上，自科伦坡发

海上零拾

记者自 7 月 14 日上船迄今两星期了，在这汪洋大海的孤舟上，对于国内时事消息完全隔离，直等于一个瞎子或聋子。同行中有某君说过几句颇妙的话，他说出国旅行于健康上很有好处。这句话听去似很平常，但是他再解释下去的话却颇特别，他说在国内最损害健康的事情莫过于每天的看报！所看到的关于国事的种种新闻，无论是关于外交，或是关于内政，总是使你看了不免"发昏"，如在饭后看了，便有害于你的消化，如在睡前看了，往往使你发生失眠症，这都和你的健康有害，出国之后，好了，什么都不看见，什么都不知道，吃饭也容易消化，睡觉也容易舒畅。这位朋友从前是到过外国留学的，他说在外国看报，最怕的是看到关于中国的新闻，因为偶而遇着，不是某军阀和某军阀又打起仗来了，便是什么地方又发生了绑票案子，使你看着白白地生了一顿气，别无结果。某君的这些话似乎都能言之成理，照他这样说，记者现在是再快乐没有的了。但事实上却不然，因为你尽管耳不闻目不见，糟糕的国事和凄惨状况仍然存在，并不因此而消灭，而且一出国门，置身异地，夹在别国人里面，想念到自己国内的乌烟瘴气，所感到的苦痛只有愈益深刻。所以在途中所感到的苦闷，和在国内每日看着呕气的报纸并没有两样。

船将要离开孟买的时候，发生了一件气人的事情，船停泊在码头，时有印人拿着一大堆西文的各种杂志到船上兜售。我正坐在甲板上一个藤椅里静悄悄地闲看着，忽然从吸烟室里走出一对英籍夫妇，后面跟着他们的一个十六七岁袒胸露臂的女儿。那个英国妇人气愤地询问着谁曾看见一个售卖画报的印度人，说他曾在船上无人处碰了她的女儿。正在这个当儿，刚巧有一个售画报的印度人走过，便被那英国人不管三七二十一，举起手就打，那印度人抱头而逃。其实上船售卖画报的印度人有好几个，挨打的是否就是"碰"的那一个，就是"碰"了，是怎样"碰"的，是否出于有意，都不可知，只因为他既不抵抗，只知道逃，也就稳得了他的罪名了！

二等舱中有叶滚亨君，福建莆田人，系爪哇侨商，亲送他的一个十八岁的儿子赴德学习化学工程和一个十九岁的女儿赴德学习医科，听说记者也在船上，特来晤谈。据说爪哇大宗商业都在华侨掌握中，对祖国原极热心，淞沪抗日之战，以三十万人侨胞所在的爪哇一处，捐款达八百余万元，其踊跃输捐，可以想见，但现在侨胞对国事却已觉得心灰意冷了！

叶君对国内的教育，尤为沉痛的批评，他说荷兰人对于青年的科学知识，异常认真，尤其是算学、理化等科，教授非常严格，在小学中对这类基本自然科学还没有充分合格，即不许入中学，中学升大学亦然。他去年回福州一趟，见号称大学的某校，其所用课本的程度仅及荷人所办的初中，如此徒鹜虚名，不求实际，他叹为徒然误人子弟。叶君所慨叹的事实，记者虽不知其详，但我国教育之徒鹜表面，关于基本知识之马虎，使学者缺乏滇密切实的科学训练，实属无可为讳的现象，不过记者老实告诉他，这也不是局部的问题。现在的国事弄得这样糟，青年们触目惊心，时时受到悲痛的刺激，怎样能使他们安心于什么实学？其次，在现在的状况下，就是有了真才实学，用到什么地方去？有哪一件真属建设的事业容纳得了若干人材？况且封建势力的遗毒弥满于各处——尤其是和政治有多少牵连的事业，有了狐亲狗戚的靠山，阿猫阿狗都得弹冠相庆，否则什么都无从说起！实际的环境如此，要想用空言劝告青年如此这般，岂不等于石沉大海，于事实上哪有丝毫的效用？

同行中有位出声如雷鸣的旅伴，记者曾在通讯里提过他，因为关于他的故事不无幽默的意味，所以还是把他当作无名姓妥当。这位"雷鸣"先生，在漫漫长途中倒供给我们以不少的有趣的谈资。他除有"大太太"外，还有一位"二太太"，他的"大太太"，听他的口气，大概是个土老儿，"二太太"却是个千娇百媚的女学生，因留在家里，使他怀念不置，动不动就想到"二太太"，大家也常常提起"二太太"和他说笑。这里却有个小小的难题，他的"大太太"无论如何不愿正式离婚，此事未办妥，"二太太"总觉得在名义上不称心，于是这位"雷鸣"先生天天感到心神不宁，三番五次的和我商量，一定要我替他想个办法。我说依现行法律，女子一嫁就有法律上的保障，除她和你同意办到协议离婚外，你俩无法律上认可的充分理由，实想不出什么办法。他气极了，悻悻地说："好！我就算多养一只狗就是了！"他这句话虽近乎戏语，但却使我得到一个很深的感触，就是呆板的法律所能为妇女——在经济上不能自立的妇女——保障的，至多是物质生活的勉强维持，无法救济精神上的裂痕。

　　　　　7月31日上午，佛尔第号船上，8月3日到苏彝士付寄

月下中流——经苏彝士河

　　我们原定办法，由意轮船公司招待搭客往埃及首都开罗游览，愿去的每人缴费六镑半，汽车、火车及午晚餐食等在内，3日上午由苏彝士城出发，可于当晚10点钟到塞得港（Port Sid）上原船继续前行。六镑半合华币在百圆左右，为数不能算小，但同行的好几位都觉得机会难得，不愿错过，我也觉得在小学时读历史，就看到书本上画着埃及金字塔和人首狮身"Sphinx"的像，虽行囊悭涩，到此也硬着头皮随众报名缴费。满心以为四千年的胜迹即在目前，不料2日下午得到取消的消息，虽省了百圆，却感到无限的失望和惆怅，也许此生就永远没有第二次的机会，因为我回国时想走陆路。

　　8月3日下午6点钟，船到苏彝士城，仅停1小时，不靠岸，有几只送客登轮的小火轮和几只小船泊在佛尔第号的船旁，十几个阿拉伯人爬上来兜售报纸、画片及其他杂物，搭客都拥聚在甲板上购买，我也买了两打关于开罗名胜及苏彝士河的景物相片，寄给本刊。

　　记者此次虽很失望地未曾到开罗去游览，但3日夜里经过苏彝士河的情形，却给我以悠然意远的印象。此时一轮明月高悬，蔚蓝的青天净洁得没有丝毫的渣滓，清风吹来，爽人心脾，搭客们多聚在船头特高的甲板上远瞩纵览。只见船的两边都是一望无际的沙漠，右为亚洲，左为非洲，离船大都不过十几尺或几尺。船头前排着两盏好像巨眼的大电灯，射出耀目的光线，使前面若干距离内的河身好像一片晶莹洁白的玉田。在狭隘的运河中特别显得庞大的船身徐徐地向前移进，假如不看前面而仅望左右，又恍若一辆奇大无比的汽车在广阔无垠的沙漠上缓缓前驶似的。这夜记者在甲板上凭栏静眺，直看到12点钟，才进到卧室里去睡觉，在睡梦中还好像明月清风，随我左右。沟通红海和地中海，缩短欧亚海行路线的这条苏彝士运河，经法人勒赛普斯和无数工人十四年的辛勤劳力，中间战胜过无数次的破坏和种种困难，才于1869年11月17日正式开幕，距记者于月夜静寂中通过此河的今日，已六十四年了。这条运河长八十八里，阔从一百码至一百七十五码，原来估价需二万万法郎，后来用到四万万法郎，约等于一千四百万金镑，合现价在二万万圆以上了。一半资本在法国募得，其他一半几全为当时埃及总督塞氏所买，后来他把股子卖给英国政府，于是英政府在管理上便握有大权了。（当时塞氏赞助勒赛普斯的计划甚力，现在苏彝士河尽头的塞得港，意即"塞氏港"，就是为纪念他而取名的。）

说到起意要建造苏彝士运河的，颇有趣的是要轮到法国一世之雄的拿破仑。他在1798年进攻埃及时，忽想到要造一条运河通红海，便任命一个工程师名叫勒伯尔（Monsieur Lepere）的视察并报告研究的结果。这个工程师奉命执行了，他的报告虽承认这个计划有种种的利益，但是宣言红海和地中海的水面不平等，要在地中海沿岸筑海港是一件不可能的事情，于是作罢。不料这就隐隐中种了今日苏彝士河的种子。在此37年后（1836年）勒赛普斯被任为亚历山大的代理领事，到该埠时，所乘的船因查疫停顿，搭客不得即行上岸，他于无聊中展阅朋友送给他的几本书，里面有一本是勒伯尔的笔记，竟引起他对建造这条运河的浓厚兴趣，终靠他百折不回的努力，造成在亚欧航行上开辟新纪元的苏彝士运河。

8月4日晨走完了苏彝士河而达到塞得港。有半天的停泊，虽不靠岸，但意轮公司有小火轮运送搭客上岸及回船，也很便利。记者便和同行的张、周、郭、李诸君同上岸一游。道路很平坦广阔，房屋虽属洋房式子，而且一来就是五六层，但在前面总是用木料造成突出的一部分，好像露台似的，围满着各种花样的窗户。街上遇着的都是穿着长袍戴着和土耳其人一样的帽子的男子，妇女除极少数穿西装的以外，大多数是头披黑纱，鼻以下部分也用黑纱围着，额前还挂着一个黄色木制像小塔的装饰品垂到鼻上，这也可见该处妇女解放还在什么程度了。我们参观了一个回教教堂，里面地上用草席铺着，正殿用绒毯铺着地，到门口时须在鞋上套着草包似的套鞋，才得进去。听说一般人民每天须到各教堂洗手洗脚祷告五次。该教堂里有个引导参观的人，对我们大讲教义，引到里面一个狭弄里的时候，向我们要钱，给一个先令，不肯休，加一个，才了事。我们都觉得虽听他讲了一些教义，却被他敲了一个竹杠！在教堂里最注目的，是那班祷告者跪在地上高举两手，用足劲儿向下拜的那副神气。我们出门时望望脚上所套着的那双草包式的套鞋，倒也觉得奇特，便用所带的摄影机拍了两张照。

我们五个人共乘着一辆马车，做了一番马路巡阅使（塞得港满街马车，汽车极少）。其实塞得港没有什么名胜可看，原也只有几条街市供游客兜几个圈子。此外还值得一记的有两件东西：一个是巍然屹立河边的勒赛普斯的铜像，连座共高五十七尺，一个是一百八十四尺高的石造灯塔，夜里每十秒钟显露强烈白光一次，在海上二十里距离以内都看得见。

1933 年 8 月 5 日，上午，佛尔第号船上

海程结束

今天（8月6日）下午2点钟，佛尔第号可到意大利的布林的西（Brindisi），算是到了意大利的第一商埠，明天中午可到该国名城威尼斯，那时记者离船上岸，此次近三万里的海程便告一结束了。佛尔第号定于8月12日由意开行，9月5日可到上海，记者的这篇通讯刚巧可由这同一的船寄加上海，这也是最迅速的一法。记者此次乘这只船出去，《海程结束》的这篇通讯又可乘这只船回来，可说是无意中的怪有趣的凑巧。

在这将要离船的前一天，我想把在船上的零星观感随便地提出来谈谈。

记者过印度洋和阿拉伯海时，因遇着飓风，吃了几天大苦头，好像生了病一样，对什么都兴味索然。自从8月1日以来，尤其是昨今两天，气候温和，日露风清，船身平稳，我的脑部治安完全恢复，又活动起来了，对船上的各种人，各种事物，冷眼旁观，也饶有趣味——船每到一埠，便有一批人离船登岸，同时又有一批人上来，好像实验室里用完了一批材料，时时有新材料加入供你放在显微镜下看看，或试验管里试试。在船上可供你视察的，有各国各种人同时"陈列"着任你观看。记者此次所遇着的除几个同国人外，有意大利人、德国人、英国人、美国人、法国人、奥国人、荷兰人、比利时人、印度人，乃至爪哇人、马来人等等（不过日本人一个都没有，有人说他们非本国的船不坐）。架子最大、神气最足的要推英国人，他们最沉默、最富有不睬人的态度，无论是一个或是几个英国人坐在一处，使你一望就知道他们是"大英帝国的大国民"！最会敷衍的要算美国人，总是嬉皮笑脸，充满着幽默的态度。大概说起来，各国或各民族的人，或坐谈，或用膳，都喜与本国或本种人在一起，这也许是由于语言风俗习惯的关系。在孟买下船后，来了几十个印度籍的男女，大多数是天主教中人，赴罗马朝见教皇去的。他们很少和西人聚谈，有一边的甲板上全被他们坐满了，看过去就好像是印度区似的。里面有好几个"知识分子"，对记者谈起被压迫民族的苦痛，都很沉痛，每每这样说道："我们是在同样的政治的船上啊！"（他们都是用英文和记者谈，原句是："We're in the same political boat!"）中国在实际上不是帝国主义的殖民地吗？所以记者对他们这句话只有悲慨，没有什么反感。

谈起船上的印度人，还有一件似乎小事而实含有重要意义的事情。在二等舱里有三四个印度搭客（记者所乘的是"经济二等"，略等于他船的三等，这是非正式的二等），都是在印度的大学毕业，往英国去留学的，有的是去学医，有的是去学教育。他们里面有一个在浴室里洗浴刚才完了时，有一个英人搭客跑进来，满脸的不高兴，对着浴盆当面揶揄着说道："牛肉茶！"（beef－tea！）意思是讥诮印人的龌龊，其实就是存心侮蔑他。从此这几个印人都不愿到浴室里去，但他们"饮泣吞声"的苦味可以想见了！

据记者观察所得，大概在东方有殖民地的西人，尤其是亲身到过他们在东方殖民地的西人，对东方民族贱视得愈显露。他们大概还把自己看作天人，把殖民地的土人看作蝼蚁还不如！船上有一个在印度住了二十几年的英国工程师，和记者有过一次谈话，便把印度人臭骂得一钱不值。

有从爪哇赴欧的华侨某君，谈及爪哇情形颇详。爪哇荷人约二十万人，华侨约三十万人，土人有三千五百万人，最有意思的是他说住在阔绰旅馆的荷人，每人每日生活费需二十五盾（每盾合华币二圆），而土人每日每人的生活费只需一角（十角一盾），这样，一个荷人一日的生活费竟等于二百五十个土人一日的生活费了！又据说该地政府对于人口检查最严的是知识分子和书籍，如果你是个什么大学毕业生，那就必须关在拘留所里经过一番详慎的审问查究，尤其怕得厉害的是XX主义，因为三千五百万的土人如受了煽动，起来反抗，那还了得！他说最好你什么书都不带，只带一本"圣经"，那就很受欢迎！这位侨胞自称是个教徒，他这句话大概是含育赞美"圣经"的意味，但在我们看来，对于这样独受特别欢迎的"圣经"就不免感慨无穷了！

8月4日下午船由塞得港开行后，忽然增加了五百左右的男女青年，年龄自八岁至二十岁，女子约占两百人，男女分开两部分安顿。青年总是活动的，在甲板上叫嚣奔跑，成群结队的乱问着，好像无数的老鼠在"造反"，又好像泥堆上的无数蝼蚁在奔走汹涌着。原来他们都是在埃及的各学校里的意大利青年，是法西斯蒂的青年党员，同往罗马去参加该党十周年纪念的。男的都穿着黑衫，女的只穿白衫黑裙。这班男女青年的体格，大概都很健康，一队一队女的，胸部都有充分发达的表现，不像我国女子还多是一块板壁似的，不过说到他们的真实信仰，却不敢说。记者曾就他们里面选几个年龄较大的男青年谈谈，有的懂法文，有的懂英文，问他们是不是法西斯蒂党员，答说是：问他们什么是法西斯主义，答不出。不过他们都知道说墨索里尼伟大，问他们为什么伟大，也答不出。只有一个答说，因为只有墨索里尼能使意大利富强。我再问他为什么，又答不出！其实法西斯主义究竟是什么，就是它的老祖宗墨索里尼自己也不很了解，不能怪这班天真烂漫的青年。

　　1933 年 8 月 6 日，上午，佛尔第号船上，7 日到威尼斯付邮

威尼斯

8月6日下午4点钟佛尔第号到意大利的东南海港布林的西，这算是记者和欧洲的最初的晤面。该埠不过因水深可泊巨轮，没有什么胜迹可看，船停仅两小时，记者和几位同行的朋友却也上岸跑了不少的路。像样的街道只有一条，其余的多是小弄，在海边上虽正在建筑一个高大的纪念塔，但我们在街上所见的一般普通人民多衣服褴褛，差不多找不出一条端正的领带来。我们穿过好几处小弄，穷相更甚。有好几处门口坐着一个老太婆，门内挂着花布的帘子，时有少妇半裸着上身探首帘外向客微笑，或曼声高唱，她们用意所在，我们大概都可以猜到。

8月7日下午到世界名城之一的威尼斯。同行中有李汝亮君和郭汝拥君（都是广州人）赴德留学，李君的哥哥李汝昭君原已在德国学医，特乘暑假到威尼斯来接他的弟弟和他的老友郭君，并陪他们游历意大利。记者原也有游历意大利重要各地的意思，便和他们结作旅伴，同行中赴德学医的周洪熙君（江苏东台人）听说在8月底以前，意大利在罗马举行法西斯十周年纪念展览会三个月，火车费可打三折，也欣然加入，于是我们这五个人便临时成了一个小小的旅行团。到威尼斯时，李汝昭君已在码头相迎，我们便各人提着一个手提的小衣箱上岸，介绍之后，才知道李君的哥哥也是本刊的一位热心读者，这个小小的旅行团也可以说是一小部分的"《生活》读者旅行团"了。我们先往一个旅馆里去过夜，两李一郭住一个房间，记者同周君住一个房间，第一天便开始游览。有伴旅行，比单独一人旅行至少可多两种优点：一是费用可以比较地经济；二是兴味也可以比较地浓厚。

在太平洋未取地中海的势力而代之的时候，威尼斯实为东西商业贸易上

最重要的一个城市，在世界史上出过很大的风头，现在是意国的一个重要的
商埠和海军军港，在港口禁止旅客摄影，同时也是欧美旅客麕集之地。该城
不大，约二十五里长，九里宽。第一特点是河流之多，除少数的几条街道外，
简直就把河当作街道，两旁房屋的门口就是河，仿佛像涨了大水似的。我国
的苏州的河流也特多，有人把我国的苏州来比威尼斯，其实苏州的河流虽多，
还不是一出门口就是河。以这小小的威尼斯，除有一条两百尺左右阔的大运
河（Canal Grande），像 S 字形似的贯穿全城外，布满全城的还有一百五十条
小运河，上面架着三百七十八条桥（大多数是石造的，下有圆门），我觉得这
个城简直就可称为"水城"。除附近的一个小岛利都 (Lido) 上面有电车外，全
城没有一辆任何形式的车子，只有小艇和公共汽船。小艇好像端午节的龙船，
两头向上蹺，不过没有那样长，里面有漆布的软垫椅，可坐四个人至六个人，
船后有一个摇桨，在水上来来去去，就好像陆地上的马车。公共汽船的外形
也好像上海马路上的电车或公共汽车，船上的喇叭声和上海的公共汽车的喇
叭声一样。我们在画片上所见的威尼斯的景象，往往是两旁洋房夹着一条运
河，上面驾着一条圆门的桥，河上一个小艇在荡漾着，这确是威尼斯很普遍
的景象。

　　除许多运河外，有若干街道都是用长方形的石头铺成的，有的只有五尺
宽，路倒铺得很平，因为没有任何车辆，所以石头也不易损坏，在这样的街
道上接踵摩肩的男男女女，就只有两脚车——步行——可用。街道虽窄，两
旁装着大玻璃窗的种种商店却很整洁。街上行人衣冠整洁的很多，和布林的
西的很不同。原来大多数都是由欧美各国来的游客，尤其多的是来自号称
"金圆国"的阔佬。

　　威尼斯最使游客留恋的是圣马可广场（Riazzadi San Marco）和该场附近
的宏丽的建筑物。该广场全系长方形的平滑的石头铺成的，有的地方用大理
石，长有一百九十二码，阔自六十一码至九十码，三面都有雄伟的皇宫包围
着，最下层都开满了咖啡店和各种商店，东边巍然屹立着圣马可大教堂（San
Marco），内外只大理石的石柱就有五百余根之多，建于第 9 世纪。该广场上
夜里电灯辉煌，胜于白昼，游客成群结队，热闹异常。在圣马可广场附近的
有总督府（Palazzo Ducale）一座，亦建于第 9 世纪。宫前有大广场，宫的对
面咖啡馆把藤制的椅桌数百只排在沿路，坐着观览的游客无数。圣马可大教

堂的右边有圣马可钟楼（Campaniledi San Mario），三百二十五尺高，建于第9世纪末年。里面设有电梯，登高一望，全城如在脚下。此外还到威尼斯城的东南一小岛名利都的看了一番，该处有世界著名的游泳场。游泳场后面的花草布置得非常美丽，游泳而出，在街上走的男女很多，女子多穿着大裤管的裤子，上面穿着薄的衬衫，有的就只挂着一条这样的大裤子，上半身除挂裤的两条带子外，就老实赤膊，在街道上大摇大摆着，看上去好像她这条裤子都是很勉强挂着似的！

自然，这班男女并不是一般意大利人民，多是本国和欧美各国的少数特权阶级，只有他们才有享用这样生活的可能。该处既为有闲阶级而设，讲究的餐馆和旅馆的设备齐全，都是不消说的。

威尼斯的景物美吧？美！记者在下篇所要记的佛罗伦萨也有它的美，但这是意大利五六百年乃至千余年前遗下的古董，我们还不能由此看出该国有何新的建设成绩。我们在许多人赞美不置的威尼斯，关于大多数穷人的区域，也看了一番，和在布林的西所见的也没有什么两样。记者于9日就离开威尼斯而到佛罗伦萨去。

1933年8月11日，上午，在罗马记

佛罗伦萨

记者于 8 月 9 日午时由威尼斯上火车，下午 5 时 37 分才落千丈到充满了古香古色的佛罗伦萨（Florence），为中部意大利最负盛名的一个城市。在中世纪罗马方盛的时代，佛罗伦萨是它的主要的文化中心，意大利的语言、文学以及艺术，都在此地发达起来的。所以现在该处所遗存的无数的艺术作品和在与历史发生联系的纪念建筑物，其丰富为世界所少见，于是佛罗伦萨也成为吸引世界游客的一个最有趣味的名城。

佛罗伦萨的雄伟的古建筑和艺术品太多了，记者又愧非艺术家，没有法子详尽地告诉诸友，对于艺术特有研究的朋友，最好自己能有机会到这种地方来看看。

记者在二十年前看到康有为著的《欧洲十一国游记》的《意大利》一书，就看到他尽量赞叹意国的全部用大理石建造的大教堂。此次到佛罗伦萨才看到可以称个"大"字的教堂（La Cattedraldi Sonta Mariade Fiore），建于 13 世纪，有五百五十四尺深，三百四十一尺阔，三百五十一尺高，门用古铜制成，墙和门都有名人的绘画或雕刻，外面炎热异常，走进去立成秋凉气候。在那样高大阴暗的大堂里，人身顿觉小了许多。"大殿"上及许多"旁殿"上插着许多白色长蜡烛，燃着的却是几对灯光如豆的油灯。宗教往往利用伟大的建筑来使人感到自身的微小，由此引起他对于宗教发生崇高无上的观念，其实艺术自艺术，宗教自宗教，不能假借或混淆的。

在威尼斯和佛罗伦萨的较大的教堂前都悬有英、德、法、意四国文字的通告，列举禁例。尤其有趣好笑的有关于妇女的，例如说凡是妇女所穿的衣服袖子在臂弯以上的不许进去，颈上露出两寸以上肉体的不许进去，裙和衣服下端不长过膝的不许进去，衣服穿得透明的不许进去，大概所谓摩登女子到此都多少要发生了困难问题，这也许只好怪上帝不赞成摩登女子了！男子的禁例就只是要脱帽，自由得多。

在各教堂里所见跪着祷告的不是老头子，就是老太婆，找不出一个男青年或女青年，我觉得这是可以注意的一点。佛罗伦萨的古气磅礴的雄伟建筑物，大概不是教堂，就是城堡。城堡都是用巨石筑成，高四五层六七层不等，上面都有像城墙上的雉堞似的东西。有许多这样的城堡都成了大商店，不过古气磅礴的石墙仍保存着。此外有最大的城堡（Palazzo Vcehio），里面藏着许多名油画，墙上和天花板上都是。城堡内部的曲折广深，尤令人想见最初建造时工程的浩大，这种封建时代的遗物，不知含着多少农奴的血汗！

10 日午时离佛罗伦萨，乘火车向罗马进发，直到夜里 11 点半才到目的地。因车上人挤，大家立了数小时。我们在佛罗伦萨参观时都是按照地图奔跑的，在火车上又立了数小时，都弄得筋疲力尽，同行的周君喃喃地说"如再这样接连跑，只有'跷辫子'了！""跷辫子"不是好玩的！所以我们到罗马后，决议第二天的上半天放假，使得恢复元气后，下半天再开始奔跑。关于到罗马后的记述也许可比这一篇较有意义些，当另文奉告，现在还有几个杂感附在这里。

（一）截至记者作此文时，游了意国的四个地方，即布林的西、威尼斯、佛罗伦萨和罗马。不知怎的他们对于黄种人就那样地感到奇异，走在街上，总是要对我们望几眼，有的还窃窃私议，说我们是日本人，同行中有的听了很生气，但既不能对每人声明，也只有听了就算了。他们何以只想到日本而不会想到中国？有人说他们觉得所谓中国人，就只是流落在国外的衣服褴褛的中国小贩，衣冠整洁的黄种人便都是日本人。这种老话，我在小学时代就听见由外国留学的人回来说起，不料过了许多年，这个观念仍然存在——倘若上面的揣测是不错的话。但是我想倘若仅以衣服整洁替中国人争气，这也未免太微末了。

（二）意大利的妇女职业已较我国发达——虽则听说比欧洲其他各国还远不能及。在旅馆里，在饭馆里，在普通商店里，职务由妇女担任的很多。记者在威尼斯邮局寄信时，见全部职员都是女子担任。她们大多数都是穿着黑色的外衣，领际用白色的镶边，都很整洁。旅馆的"茶房"几乎全是女子，有的是半老徐娘，有生得比较清秀的，看上去就好像女学生，每天客人出门后，她们就进房收拾，换置被单等物。

（三）记者所住过的几个旅馆，觉得和中国的旅馆有一大异点，就是很安静，没有喧哗叫嚣的情形。执事的人也很少，账房间一两个人，其余就不大看见人影，就是电梯也可以由客人自开，像接电灯开关似的，要到第几层就用手指按一按那个扑落，电梯就会自动地开到那一层。就是各商店里的伙计，人数也很少，不过一两人，不像我国的商店，有许多往往像菩萨或罗汉似的一排一排列在柜台后面。其实这种异点，在上海中西人的商店里已略可见到了。

1933 年 8 月 12 日，夜，记于罗马

巴黎的特征

　　记者于 8 月 23 日夜里由日内瓦到巴黎，提笔作此通讯时已是 9 月 6 日，整整过了两个星期，在这时期内，一面自己补习法文（昨据新自苏联回巴黎的汪梧封君谈，在苏联欲接近一般民众，和他们谈话，外国语以德语最便，其次法语，英语最难通行），一面冷静观察，并辗转设法多和久住法国的朋友详谈，所得的印象和感想颇多，容当陆续整理报告。现在先谈谈巴黎的特征。

　　讲到巴黎的特征，诸君也许就要很容易地连想到久闻大名的遍地的咖啡馆和"现代刘姥姥"所宣传的什么"玻璃房子"。遍地的咖啡馆确是巴黎社会的一个特征，巴黎街上的人行道原来很阔，简直和马路一样阔，咖啡馆的椅桌就几百只排在门口的人行道旁，占去人行道的一半，有的两三张椅子围着一只小桌子，有的三四张椅子围着一只小桌子，一堆一堆的摆满了街上，一到了华灯初上的时候，便男男女女的坐满了人，同时人行道上也男男女女的熙来攘往，热闹异常，在表面上显出一个繁华作乐的世界。在这里可以看到形形式式的"曲线美"，可以看到男女旁若无人似的依偎蜜吻，可以看到男女旁若无人似的公开"吊膀子"。这种种行为，在我们初来的东方人看来，多少存着好奇心和注意的态度，但在他们已司空见惯，不但在咖啡馆前，就在很热闹的街上，揽腰倚肩的男女边走边吻，旁人也都像没有看见，就是看见了也熟视无睹。但我们在"繁华作乐世界"的咖啡馆前，也可以看见很凄惨的现象！例如衣服褴褛、蓬发垢面的老年瞎子，手上挥着破帽，破喉咙里放出凄痛的嘎噪的歌声，希望过路人给他几个"生丁"（一个法郎等于一百生丁）。

还有一面叫卖一面叹气的卖报老太婆，白发瘪嘴，老态龙钟，还有无数花枝招展、挤眉弄眼向人勾搭的"野鸡"。有一次记者和两位朋友同在一个咖啡馆前坐谈，有一个"野鸡"不知看中了我们里面的哪一个，特在我们隔壁座位上（另一桌旁）花了一个半法郎买了一杯饮料坐了好些时候，很对我们注视，后来看见我们没有人睬她，她最后一着是故意走过我们桌旁，掉下了手巾，俯拾之际，回眸对我们嫣然一笑，并作媚态道晚安，我们仍是无意上钩，她才嗒然若丧的走了。她这"嫣然一笑"中含着多少的凄楚苦泪啊！（不过法国的"野鸡"却是"自由"身体，没有什么老鸨跟随着，可是在经济压迫下的所谓"自由"，其实质如何，也就不言而喻了！听说失业无以为生的女工，也往往陷入这一途。）

至于"现代刘姥姥"所宣传的"玻璃房子"，并不是有什么用玻璃造成的房子，不过在有的公娼馆里，墙上多设备着镜子，使几十个赤裸裸的公娼混在里面更热闹些罢了（因为在镜子里可显出更多的人体）。据"老巴黎"的朋友所谈的这班公娼的情形，也足以表现资本主义化的社会里面的"事事商品化"的极致。这种公娼当然绝对没有感情的可言，她就是一种"商品"，所看见的就只是"商品"的代价——金钱。有的论时间而计价钱，如半小时一小时之类，到了时间，你如果"不识相"，执事人竟可不客气地来打你的门，不过有一点和"野鸡"一样，就是她们也是有着所谓"自由"身体，并没有卖身或押身给"老鸨"的事情，可是也和"野鸡"一样，在经济压迫下的"自由"，其真义如何也可想见，在表面上虽似乎没有什么人迫她们卖淫，尽可以强说是她们"自由"卖淫，实际还不是受着压迫——经济压迫——才干的？这也便是伪民主政治下的借来作欺骗幌子的一种实例！世间变相"公娼"和"野鸡"正多着哩！

据在这里曾经到过法国各处的朋友说，咖啡馆和公娼馆，各处都有，不过不及巴黎之为尤盛罢了。

记者因欲探悉法国的下层生活，曾和朋友于深夜里在街道上做过几次"巡阅使"，屡见有瘪三式的人物，臂膊下面夹着一个庞大的枕头，静悄悄地东张西望着跑来跑去，原来这些都是失业的工人，无家可归，往往就在路旁高枕而卧，遇着警察，还要受干涉，所以那样慌慌张张似的。法国在各帝国主义的国家中，受世界经济恐慌的影响，比较的还小，据我们所知道的，法国失业工人已达一百五十万人，但法当局讳莫如深，却说只有二十四万人（劳工部最近公开发表注册领救济费者），最近颇从事于修理各处有关名胜的建筑和机关的房屋，以及修理不必修的马路等等，以期稍稍容纳失业工人，希冀减少失业人数装装门面，但这种枝节办法能收多大的效用，当然还是个问题。向政府注册的失业工人每月原可得津贴三百法郎，合华币六十圆左右，在我们中国度着极度穷苦生活的民众看来，已觉不错，但在生活程度比我们高的法国，这班工人又喜欢以大部分的收入用于喝酒，所以还是苦得很，而且领了若干时，当局认为时期颇久了，不管仍是失业，突然来一个通知，把津贴停止，那就更尴尬了。这失业问题，实是给帝国主义的国家"走投无路"的一件最麻烦的事情。

但是在法国却也有它的优点，为产业和组织落后的殖民地化的国家所远不及的，记者当另文叙述奉告。

1933 年 8 月 6 日，晚，记于巴黎

瑕瑜互见的法国

资本主义的国家原含有种种内在的矛盾，它的破绽随处可以看见，但是平心而论，它也有它的优点，不是生产落后、文化落后的殖民地化的国家所能望其项背的。例如记者现在所谈到的法国，第一事使人感到的便是利用科学于交通上的效率。在法国凡是在五千户以上的城市，都可由电车达到，在数小时内可使全国军队集中；巴黎的报纸在本日的午后即可布满全国（关于法国报业的情形，当另文记之），本国的信件，无论何处，当天可以达到；巴黎本市的快信，一小时内可以达到。巴黎的交通工具，除汽车、电车及公共汽车外，地道车的办法，据说被公认为全世界地道车中的第一。这是研究市政的人告诉我的，我虽未曾乘过全世界的地道车，但据亲历的经验，对于巴黎地道车办理的周到，所给乘客的便利和工程的宏伟（有在地下挖至三层四层的地道，各层里都有车走），觉得实在够得上我们的惊叹。全巴黎原分为二十区（arrondissement），有十三条的地道车满布了这二十区的地下，成了一个很周密的地道网。你在许多街道上，常可看见路旁有个长方形的大地洞，宽约七八尺，长约十二三尺，三面有铁栏杆围着，一面有水门汀造的石级下隆，上面有红灯写着"Metro"（即"地道车"）的字样，这就是表示你可以"钻地洞"去乘地道车的地方。撑着红灯的柱子上就挂有一个颜色分明、记载明晰的地道车地图，你一看就知道依你所要到的地方，可由何处乘起，何处下车。走下了石级之后，便可见这种地下车站很宽大，电灯辉煌，有如白昼，墙壁都是用雪白的磁砖砌成的，你向售票处（都是用女子售票）买票后，有椅子备你坐着等车，其实不到五分钟必有一列车来，你用不着怎样等候的。这种地道车都是用电的，每到一列总是五辆比上海电车大半倍的车子，里面都很整洁，中间一辆是头等，外漆红色，有漆布的弹簧椅，头尾各二辆是普通的，外漆绿色，里面布置相类，不过只是木椅罢了。车站口有个地道车地图，上面已说过；车站里还有个相同的地图，人车站所经过的路及转角都有大块蓝色珐琅牌子高悬着，上面有白字的地名，你要由何处起乘车，即可照这牌子所示的方向走去上车。乘车到了那一站，也有好几块这样的地名牌子高悬着给你看。在车里面还有简明的图表高悬着，使你一看就知道所经过的各站及你所要到的目的地。他们设法指示乘客，可谓无微不至，所以除了瞎子和有神经病的先生们外，无论是如何的"阿木林"，没有不能乘地道车的。有的地方达到目的地车站时，因"地洞"较深，怕乘客步行出"洞"麻烦，还有特备的大电梯送你上去。这种地道车有几个很大的优点：（一）车价便宜，头等每人一个法郎十五生丁（法国一个法郎约合华币二角，一个法郎分为一百生丁），普通的每人七十生丁，每晨在9时以前还可仅出八十五生了买来回票（因此时为工人上工时间，特予优待）；（二）买一次票后，只须不钻出"地洞"之外，你在地道里随便乘车到多远的地方都可以；（三）各条地道纵横交叉，你可以随处换车，以达到你的目的地为止。因为车辆多，这种换车很迅速，不像在上海等电车，往往一等一刻钟或半小时。我们做旅客的只要备有一小本地道车地图，上面有各街道，有各条地道车，"按图索骥"，即路途不熟，什么地方都可去得。记者在这里就常以"阿木林"资格大"钻地洞"，或访问，或观察，全靠这"地洞"帮忙（汽车用不起，电车、公共汽车价也较昂，且非"老巴黎"不敢乘）。

除交通便利外，关于一般市民享用的设备，有随处可遇的公园，无论如何小的地方，都有花草和种种石像雕刻的点缀，使它具有园林之胜。马路的广阔坦平更不必说，像上海的大马路，在巴黎随处都是。此外如市办的浴室，清洁价廉，每人进去买票只须一个法郎（另给酒钱约二十五生丁），就可使用一条很洁净的浴巾（肥皂须自带，临买票时如买肥皂，五十生丁一小块），被导入一个小小的浴室里去洗莲蓬浴。这种浴室虽有房间数十间，只楼下柜台上用一个女售卖员，楼上用一个男子照料，简便得很，进去洗澡的男的女的都有。记者在巴黎洗的就是这样简易低廉的澡，因为我过不起阔佬的生活。

　　当然，如作深一点的观察，资本主义的社会里常会拿这样的小惠来和缓一般人民对于骨子里还是剥削制度的感觉和痛恨，但比之连小惠都说不上的社会，当然又不同了。

　　其次是他们社会组织比较地严密，每人一生出来就须在警局注册，领得所谓"身份证"，以后每年须换一次，里面详载姓名、住址、父母姓名。本身职业及妻子（如有的话）等等情形，每人都须随身带着备查。每人的这种"身份证"都有三份，一份归管理户口的总机关保存（大概是内政部），一份归本人保存，一份是流动的，就存在这个人所在地的警局里，如遇有迁居，须报告警局在证上填注新址并盖印。如遇有他往的时候，亦须先往该警局通知，由该警局把这份"身份证"寄往他所新迁的所在地的警局存查。外国人居留法国的，也须领有这种"身份证"。这样一来，每人的职业及行动，都不能有所隐瞒，作奸犯科当然比较的不容易。在中国户口的调查还马马虎虎，这种更严密的什么"身份证"更不消说了。不过从另一方面想来，这种严密的办法，其结果究竟有利有害，也还要看用者为何类人。在极力挣扎维持现有的不合理的社会的统治者，反而可藉这样严密的统治方法来苟延他们的残喘，但是这是用者的不当，社会的严密组织的本身不是无可取的。

1933 年 9 月 15 日夜，记于巴黎

法国的农村

　　法国在世界大战以前，原是偏重农业的国家，自世界大战以后，利用赔款所得及所取得的各地的煤矿铁矿，对于工业才有比较激进的倾向，但是农业仍占很重要的位置，法国全国人口四千万人里面，仍有百分之四十，即一千六百万人是从事农业的。记者原想到农村里去看看，刚巧从前在意大利码头上走散的张心一君由德来法调查农村经济，便于 9 月 25 日约同秦国献君同到凡尔赛附近的一带农村里去跑了一个整天。张君从前在美国专研农村经济，秦君在法国专研农村教育及农艺已有五年之久，记者此次观察农村，有两君做旅伴是再好没有的了。我们先在凡尔赛农业研究院里参观了一番，该院由农部设立，研究结果即由农业局实施于各农村，院的周围有八百亩地专供实验之用。院长系著名的农业教授调任的，亲出招待，说明颇为详尽。其中最使我感觉兴趣的是关于植物的病理研究，种种病状的解剖图形和模型，以及实验室里试验管中的种种病态研究，都令我感到我国内地大多数人民的疾病受到科学的研究和卫护的，还远不及这些生长在科学比较发达的地方的植物！

　　其次参观的是国立格立农试验场和附近的格立农国立农业专门学校。该试验场有一万亩的田地供试验之用，规模颇宏大，试验结果也由农业局实行传播于各处农村的实际工作上去。国立农业专门学校和这个试验场都设在农村，其影响于农业的改进都很大。该校有百余年的历史，于农业发明上有特殊贡献的教授，校里都替他们铸半身铜像，树立于校园旁，以资纪念。这种在学术上有真切贡献者的铜像，虽仅半身，却有它的特殊的价值。该校设备也颇完备，对畜牧尤多注意，虽在暑假期中，所养蓄的牛、羊、猪猡等等，仍看得到。它们的食料，都有一定的配合，开成"菜单"悬挂着，和我们在大菜馆里所看见的大菜单相似，不过还要精密些，因为每种"菜"都注明分量。上海话骂人做"猪猡"，听的人大概没有不勃然愤怒的，但是这里的"猪猡"都有合于科学方法的"菜单"，不能不说是"猪猡"里面也有阔绰的了！

法国农村的组织是以"村"为单位，他们叫做"Commune"，每村有村议会，由村议会选出"村长"（Maire）。

四千万人口的法国，有五万余村长，平均每八百人便有一个村长。这种村长是没有薪水的，由原有职业的人兼任，村长之下，由农村小学的校长任书记（也可译为"干事"），农村小学同时也就是"村政府"所在，书记有相当的薪俸。这样一来，农村小学很自然地成为农村里的重要的中心，农村小学和农村社会也很自然地发生了密切的关系。人口比较少的地方，农村小学就只夫妇两人担任，夫教男生，妇教女生，成为夫妇学校。后期小学里农艺新知识的灌输，则由农业局聘任专门教员到各村轮流施教。这种"村政府"所管的事情，是关于户籍（人口登记）、土地登记及表册、人事（如村民结婚时证婚，丧事须请村政府派人视察，儿童产生须报告登记等）、交通（如道路、邮电等）、教育（一部分经费由国家供给）、救济事务（如救济失业及其他慈善事业等），并有警察权。他们因一般人民的教育程度已比较的高，办事易有轨道可循，所以事务简单，除少数人口特多的地方，都不过有这样简单的组织。这种"村长"有一定的职权，虽区长有监督之权，却不能像我国区长之徒为官僚的爪牙，以在乡间刮地皮为天职，因为他们的村民监督得也很厉害。

法国的乡村无论怎样小，都有一个邮局，兼理电报和一个公用的电话，小的地方往往邮政局长同时就是邮差。他们的农村里面也有平坦的马路，也有电车，走的次数虽不及城市的多，大概是因为需要上不同的缘故。

我国的农村有茶馆，法国的小小农村里也有咖啡馆，规模当然比城市的简陋得多，只是一个小房间，里面放着几张桌子，几张椅子围着，可是也有白的台布，也还比较地干净，柜台上一个中年妇人也还装饰得干干净净（指记者所进去过的一个农村咖啡馆而言）。记者和张、秦两君因为走得乏了，就也到这样的一个农村咖啡馆里去坐坐，另有农村的风味。张、秦两君大谈其中国农村问题，我除旁听高论外，常溜着我的眼珠旁观咖啡馆的周围和其中的乡间人物。

我们跑来跑去，看了所谓"村政府"——农村小学——之后，天渐渐黑暗起来了，继之以大雨，我们三个人在草原上、森林间逃难似的大踏步跑着。张君说这是法国的乡间，如在中国，也许我们的皮鞋上已踏得满鞋的泥浆了！最后由秦君引到一个他从前认识的农家里，一对老夫妇，一个十六七岁的儿子，他们"旧雨重逢"，倒也谈笑甚欢。那个女主人徐娘半老，风韵犹存，拿着一瓶酒和几个玻璃杯出来，放在桌上，老不开瓶倒酒，我们在旁倒想快些喝几口以消冷气！后来秦君在皮包裹挖了半天，挖出一小包信封装好的中国茶叶送他们，那老头子才似乎受了什么灵感似的，赶速到桌旁把酒瓶开起来，我想这也是所谓礼尚往来吧。我们坐了一会，雨已停，便仍踏着湿的道路，于夜色苍茫中跑了许多时候，才乘火车回到巴黎。法国的农村土地已渐集中于大地主之手，受着世界不景气的影响，已渐有失业的，尤其是酒业，法国的中部及南部的农家，几乎家家种葡萄，葡萄酒为重要农产品，从前运销各国，现在卖不出去，陷入很困难的境地了。

1933 年 9 月 29 日，记于巴黎

世界公园的瑞士

　　记者此次到欧洲去，原是抱着学习或观察的态度，并不含有娱乐的雅兴，所以号称世界公园的瑞士，本不是我所注意的国家，但为路途经过之便，也到过该国的五个地方，在青山碧湖的环境中，惊叹"世界公园"之名不虚传。因为全瑞士都是在碧绿中，除了房屋和石地外，全瑞士没有一亩地不是绿草如茵的，平常的城市是一个或几个公园，瑞士全国便是一个公园，就是树荫和花草所陪衬烘托着的房屋，他们也喜欢在墙角和窗上栽着或排着艳花绿草，房屋都是巧小玲珑，雅洁簇新的（因为人民自己时常油漆粉刷的，农村中的房屋也都如此）。墙色有绿的，有黄的，有青的，有紫的，隐约显露于树草花丛间，真是一幅美妙绝伦的图画！

　　记记于八月十七日下午十二点离开意大利的米兰，两点钟到了瑞士的齐亚索，便算进了"世界公园"的境地。由此处起，便全是用着电气的火车（瑞士全国都用电气火车，非常洁净），在火车上遇着的乘客也和在意大利境内所看见的"马虎"的朋友们不同，衣服都特别的整洁，精神也特别的抖擞，就是火车上的售卖员的衣冠态度也和"马虎"派的迥异，这种划若鸿沟的现象，很令冷眼旁观的人感到惊讶。由此乘火车经过阿尔卑斯山（Alps）下的世界有名的第二山洞（此为火车经过的山洞，工程艰难和山洞之长，列世界第二），气候便好像由燥热的夏季立刻变为阴凉的秋天。在意大利火车中所见的东一块荒地西一块荒地的景况，至此则两旁都密布着修得异常整齐的绿坡，赏心悦目，突入另一种境界了。所经各处，常在海平线三四十尺以上，空气的清新固无足怪，远观积雪绕云的阿尔卑斯山的山峰矗立，俯瞰平滑如镜的湖面映着青翠欲滴的山景，无论何人看了，都要感觉到心醉的。我们到了琉森湖（Lake of Lucerne）的开头处的小埠佛露哀伦（Fluelen），已在下午五点多钟，因打算第二天早晨弃火车而乘该处特备的小轮渡湖（须三小时才渡到琉森城，即该湖的一尽头），所以特在湖滨的一个旅馆里歇息了一夜。这个旅馆开窗见湖面山，设备得雅洁极了，但旅客却寥若晨星，大概也受了世界经济恐慌的波及。

这段路本来可乘火车，但要游湖的，也可以用所买的火车连票，乘船渡湖，不过买火车票时须声明罢了。我们于十八日上午九时左右依计划离佛露哀伦，乘船渡湖。这轮船颇大，是专备湖里用的，设备很整洁，船面上一列一列的排了许多椅子备旅客坐。我们在船上遇着二三十个男女青年，自十二三岁至十七八岁，由一个教师领导，大家背后都背着黄色帆布制的行囊，用皮带缚到胸前，手上都拿着一根手杖，这一班健美快乐的孩子，真令人爱慕不止！他们乘一小段的水路后，便又在一个码头上岸去，大概又去爬山了。

最可笑的是那位领导的教员谈话的声音姿态，完全像在课堂上教书的神气，又有些像演说的口气和态度，大概是他在课堂上养成的习惯。在沿途各站（在湖旁岸上沿途设有船站，也可说是码头），设备也很讲究，上船的游客渐多，大都是成双或带有幼年子女而来的。有三个五十来岁发已斑白的老妇人，也结队而来，背上也负着行囊，手上也拿着手杖，有两个眼上架着老花眼镜，有一个还拿着地图口讲指划，兴致不浅。这也可看出西人个人主义的极致，这类老太婆也许有她们的子女，但年纪大了各走各的路，和中国的家族主义迥异，所以老太婆和老太婆便结了伴，这种现象，我后来越看越多了。

船上有一老者又把我们当作日本人，他大概有搜集各种邮票的嗜好，问我们有没有日本的邮票，结果他当然大失所望！

我们当天十二点三刻就乘船到了琉森城，这是瑞士琉森邦（瑞士系联邦制，有二十二邦）的最为游客所常到的一个城市，在以美丽著名的琉森湖的末端。我们上岸略事游览，即于下午四点钟乘火车往瑞士苏黎世邦的最大的一个城市（也名苏黎世，人口二十万余人），一小时左右即到。该城丝的出产仅次于法国的里昂，布匹和机械的生产很盛，是瑞士的主要的经济中心地点，同时也是由法国到东欧及由德国和北欧往意大利的交通要道。该处有苏黎世湖，我们到后仅能于晚间在湖滨略为赏鉴，于第二日早晨，我们这五个人的小小旅行团便分散，除记者外，他们都到德国去。记者便独自一人，于上午十点零四分，提着一个衣箱和一个小皮包，乘火车向瑞士的首都伯尔尼进发，下午一点三十五分才到。在车站时，因向站上职员询问赴伯尔尼的月台（国外车站上的月台颇多，以号码为志），他劝我再等一小时有快车可乘，我正欲在沿途看看村庄情形，故仍乘着慢车走。离了团体，一个人独行之后，前后左右都是黄发碧眼儿了。

团体旅行和各人旅行，各有利弊，其实在欧洲旅行，有关于各国的西文指南可作游历的根据，只须言语可通，经济不发生问题（团体旅行，有许多可省处），个人旅行所得的经验只有比团体旅行来得多。记者此次脱离团体后，即靠着一本英文的《瑞士指南》，并温习了几句问路及临时应付的法语，便独自一人带着《指南》，按着其中的说明和地图，东奔西窜着，倒也未曾做过怎样的"阿木林"。

记者到瑞士的首都伯尔尼后，已在八月十九日的下午，租定了一个旅馆后，决意在离开瑞士之前，要把关于游历意大利所得的印象和感想的通讯写完，免得文债积得太多，但因精神疲顿已极，想略打瞌睡，不料步武猪八戒，一躺下去，竟不自觉地睡去了半天，夜里才用全部时间来写通讯。二十日上午七点钟起身后继续写，才把《表面和里面——罗马和那不勒斯》一文写完付寄。关于瑞士，我已看了好几个地方，很想找一个在当地久居的朋友谈谈，俾得和我所观察的参证参证，于是在九点后姑照所问得的中国公使馆地址，去找找看有什么人可以谈谈，同时看看沿途的胜景。一跑跑了三小时，走了不少的山径，才找到挂着公使馆招牌的屋子。规模很小，尤妙的是公使一人之外，就只有秘书一人，阍人是他，书记是他，打字员也是他，号称一个公使馆，就只有这无独有偶的两个人（不过还有一个老妈子烧饭）！问原因说是经费窘迫（日本驻瑞的公使馆，除公使外，有秘书及随员三人、打字员两人、顾问［瑞士人］一人及仆役等）。记者揿电铃后，出来开门的当然就是这位兼任阍人等等的秘书先生，他是一位在瑞士已有十三四年的苏州人，满口苏白，叫苦连天。我们一谈却谈了两小时之久，所得材料颇足供参考，当采入下篇通讯里，可是我却因此饿了一顿中餐。

八月二十一日下午乘两点二十分火车赴日内瓦，四点五十分到。在该处除又写了《离意大利后的杂感》一文外，所游的胜景以日内瓦湖为最美。但是这样美的瑞士，却也受到世界经济恐慌的影响，其详当于下篇里再谈。

久仰的很

　　说谎话是恶习惯，是不名誉的事，这是大家都知道的，但是在中国社交方面，有一种"当面说谎话"而犹自以为"有礼貌"！

　　寻常遇着一位生人，无论是由自己问起"尊姓"大名"，或是由熟友介绍，第一次总要说一句"久仰得很"！这句话对于真有声望的人说，还说得去，但通常无论第一次遇着阿猫阿狗，总要说"久仰得很"！嘴里尽管这样说，心里到底"仰"不"仰"，似乎一点不管！

　　有一次我遇某校开校友会，欢迎该校新校长，开会之前，那位做主席的朋友，未曾问清那位新校长的"大名"，后来他立起来致开会词，大说"这位新校长是我们久仰得很的"。开会辞说完之后，他要想请新校长演说，叫不出他的"大名"，只得左右顾盼，窃问他的"大名"，窃问了还不够，还要张着喉咙宣言："这位新校长的大名，我还没有请教过，对不住得很！"连"大名"都没有听见过，居然"久仰得很"，不知道他到底"仰"些什么？

　　西俗第一次看见生人，常说"我见着你很愉快"，说这句话的人到底心里愉快不愉快，当然也很难说，但是比对于一点不知道的人大吹其"久仰得很"，似乎近情些。

卧着拿薪水

据报载最近冯玉祥对新闻记者谈话，有"国家将亡，应卧薪尝胆，但他们正在卧着拿薪水"等语，末了一句颇饶幽默意味。我们做老百姓的看惯了当今所谓要人也者，往往上台时干得乱七八糟，下台后却说得头头是道，所以我们对于大人先生们的高论，常觉得要大大的打个折扣。但像冯氏说的这句话，对于国难中老爷们的泄泄沓沓醉生梦死好像已倒在棺材里的心理形态，似乎描摹得颇有几分似处。拿应拿可拿的薪水，原不算什么罪过，可是一定要不客气的"卧着拿"，那撒烂污的程度未免太高明了！

但是我们如略再仔细的研究一下，便觉得仅仅拿薪水的仁兄们，就是"卧着"拿的，大概都是藉此勉强糊口活家的可怜虫。讲到国家民族的元恶大憝，却是那些不靠薪水过活，所拿的远超出于薪水，你虽求他们仅仅安安分分的"卧着"而不可得的一大堆宝贝！

诚然，现在有一班全靠着显亲贵戚，在衙门里挂个衔头吃现成饭的官僚老爷们，拿着薪水无事可做，只须"卧着"就行，他们只要靠得着封建的残余势力，尤其是有做小舅子资格以及能和这种资格发生直接间接关系的人们，都有便宜可占，都只须"卧着拿薪水"！

但是他们不得不求生存，这样的社会既不能容纳这许多求生者，他们只得往比较可以糊口的路上钻。对这种人我们仍只觉得怜悯，认为是社会制度造成的罪恶。

至于上等的贪官污吏和搜括无厌还要打着玩玩的军阀，那是"卧着拿薪水"并非他们所屑为的。"捐税名称之繁,既已无奇不备,勒借预征之酷,复又遍及灾区。"(见国府请求川军停战命令)这比"拿薪水"要高明得千万倍了。但他们却不愿安分的"卧着",要"罔顾国难,藉故交兵,军旅因内战而捐精英,黎庶因兵劫而膏锋镝。"就是客客气气的请求他们"引咎互让,立止干戈"(亦见上令),他们仍充耳不闻,玩得起劲,这就请求他们"卧着"而不可得了!

滑稽剧中的惨痛教训

做现代的中国人至少有一种特殊的权利，那就是睁着眼饱看以国事为儿戏的一幕过了又一幕的滑稽剧！寻常的滑稽剧令人笑，令人看了觉得发松，这类滑稽剧却另有妙用，令人看了欲哭无泪，令人惨痛！最近又有奉送热河的一幕滑稽剧刚在很热闹的演着。何以说是"滑稽"呢？

打算不抵抗而逃，这原也是一件虽不光明正大而总算是这么一回事，但心里早就准备三十六着的第一着，而嘴里却说得绷绷硬，别的要人们的通电演说谈话等等里的激昂慷慨其甜如蜜的好文章姑不尽提，也没有工夫尽提，就是这次逃得最快，逃得最有声有色的老汤，他除偕同张学良张作相等二十七将领通电全国，说什么"时至今日，我实忍无可忍，惟有武力自卫，舍身奋斗，以为救国图存之计，学良等待罪行间，久具决心……但有一兵一卒，亦必再接再励。"（讲得实在不错也！）并堂而皇之的特发告所属将士书，有"吾侪守土有责，敌如来犯，决与一拼，进则有赏，退则有罚，望我将士为民族争光荣，为热军增声誉"等语。后来又亲对美联社记者伊金士说"非至中国人死尽，必不容日人得热河。"他临逃时还接见某外记者，正谈话间，老汤忽托词更衣，一去不返！

逃就逃，说的话算狗屁，也滑稽不到哪里去，他却逃得十分有声有色，竟把原要用来运输供给翁照垣将军所率炮队的粮食与炮弹用的汽车二百四十辆，及后援会的汽车十余辆扣留，席卷所住行宫里的宝物财产，带着艳妾，由卫队二千多人，蜂拥出城，浩浩荡荡的大队逃去！途中老百姓扶老携幼，哭声遍地，有要攀援上车的，都被车上兵士用皮鞭猛打下来！

军用的运输汽车既被扣留着大运其宝物财产，于是只得雇人力车参加征战，听说翁将军在前方迭电催请速运弹药，平方当局不得已，乃以代价雇大批人力车运往古北口，许多人力车前进虽不无浩浩荡荡之概，但和"速运"却是背道而驰的了！敌人以飞机大炮来，我们以人力车往，不是愈益显出了我国的军事当局对于军事有了充分的准备吗？

以号称十五万国军守热河，日兵一百二十八名长驱直入承德，甚至不够分配接收各官署机关，这也不得不算是一个新纪录！

这种种滑稽现象，说来痛心，原无滑稽之可言。身居军政部长的何应钦氏五日到津，谓"热战使人莫名其妙"，他都"莫名其妙"，无怪我们老百姓更"莫名其妙"了。此幕滑稽剧开演后，代理行政院长宋子文氏发表谈话，谓最大原因为器械窳劣，训练不良，准备毫无。我们也有同感，所不知者，"准备毫无"，应由谁负责罢了。

我们在这滑稽剧中所得的惨痛教训，即愈益深刻的感到只有能代表民众的武力才真能抗敌，把国事交给军阀和他们的附属品干，无论你存何希望，终是给你一个幻灭的结果。"置之死地而后生"，现在中国在"死地"上者决轮不到军阀和他们的附属品，像老汤的"宝物财产"。从前已宣传有一大批运到天津租界，（当时有的报上说他此举正是表示抗敌决心）此次还有二百余辆汽车的"宝物财产"可运，至少又有半打艳妾（参看本期杜重远先生的《前线通讯》）供其左拥右抱，这在他不但是决无自置"死地"之理，简直是尚待享尽人间幸福的人物——至少在他是算为幸福——只配挨"皮鞭猛打"的老百姓和这类军阀乃至他们的附属品，有何关系？他们的最大目的就只为他们的地盘，私利，（老汤从前一面对国内宣言尽职守土，一面对日方表示抑制义军，本也为的是自己地盘，等到地盘无法再保，便逃之夭夭），什么国难不国难，关他们鸟事？

无论帝国主义者和军阀的势力，都不过在加紧的自掘坟墓，被他们"置之死地"的大众，为客观的条件所逼迫，必要起来和他们算账。大众努力的程度，和他们解放的迟早是成正比例的，中途的挫折和困难，不但不应引起颓废或悲观，反应增强努力的勇气，增加猛进的速率。

我的母亲

　　说起我的母亲，我只知道她是"浙江海宁查氏"，至今不知道她有什么名字！这件小事也可表示今昔时代的不同。现在的女子未出嫁的固然很"勇敢"地公开着她的名字，就是出嫁了的，也一样地公开着她的名字。不久以前，出嫁后的女子还大多数要在自己的姓上面加上丈夫的姓，通常人们的姓名只有三个字，嫁后女子的姓名往往有四个字。

　　在我年幼的时候，知道担任商务印书馆出版的《妇女杂志》笔政的朱胡彬夏，在当时算是有革命性的"前进的"女子了，她反抗了家里替她订的旧式婚姻，以致她的顽固的叔父宣言要用手枪打死她，但是她却仍在"胡"字上面加着一个"朱"字！近来的女子就有很多在嫁后仍只由自己的姓名，不加不减。这意义表示女子渐渐地有着她们自己的独立的地位，不是属于任何人所有的了。但是在我的母亲的时代，不但不能学"朱胡彬夏"的用法，简直根本就好像没有名字！我说"好像"，因为那时的女子也未尝没有名字，但在实际上似乎就用不着。

　　像我的母亲，我听见她的娘家的人们叫她做"十六小姐"，男家大家族里的人们叫她做"十四少奶"，后来我的父亲做官，人们便叫做"太太"始终没有用她自己名字的机会！我觉得这种情形也可以暗示妇女在封建社会里所处的地位。

　　我的母亲在我十三岁的时候就去世了。我生的那一年是在九月里生的，她死的那一年是在五月里死的，所以我们母子两人在实际上相聚的时候只有十一年零九个月。我在这篇文里对于母亲的零星追忆，只是这十一年里的前尘影事。

我现在所能记得的最初对于母亲的印象，大约在两三岁的时候。我记得有一天夜里，我独自一人睡在床上，由梦里醒来，朦胧中睁开眼睛，模糊中看见由垂着的帐门射进来的微微的灯光。在这微微的灯光里瞥见一个青年妇人拉开帐门，微笑着把我抱起来。她嘴里叫我什么，并对我说了什么，现在都记不清了，只记得她把我负在她的背上，跑到一个灯光灿烂人影憧憧往来的大客厅里，走来走去"巡阅"着。大概是元宵吧，这大客厅里除有不少成人谈笑着外，有二三十个孩童提着各色各样的纸灯，里面燃着蜡烛，三五成群地跑着玩。我此时伏在母亲的背上，半醒半睡似的微张着眼看这个，望那个。那时我的父亲还在和祖父同住，过着"少爷"的生活，父亲有十来个弟兄，有好几个都结了婚，所以这大家族里看着这么多的孩子。母亲也做了这大家族里的一分子。她十五岁就出嫁，十六岁那年养我，这个时候才十七八岁。我由现在追想当时伏在她的背上睡眼惺忪所见着的她的容态，还感觉到她的活泼的欢悦的柔和的青春的美。我生平所见过的女子，我的母亲是最美的一个，就是当时伏在母亲背上的我，也能觉到在那个大客厅里许多妇女里面，没有一个及得到母亲的可爱。我现在想来，大概在我睡在房里的时候，母亲看见许多孩子玩灯热闹，便想起了我，也许蹑手蹑脚到我床前看了好几次，见我醒了，便负我出去一饱眼福。这是我对母亲最初的感觉，虽则在当时的幼稚脑袋里当然不知道什么叫做母爱。

后来祖父年老告退，父亲自己带着家眷在福州做候补官。我当时大概有了五六岁，比我小两岁的二弟已生了。家里除父亲母亲和这个小弟弟外，只有母亲由娘家带来的一个青年女仆，名叫妹仔。"做官"似乎怪好听，但是当时父亲赤手空拳出来做官，家里一贫如洗。

我还记得，父亲一天到晚不在家里，大概是到"官场"里"应酬"去了。家里没有米下锅，妹仔替我们到附近施米给穷人的一个大庙里去领"仓米"，要先在庙前人山人海里面拥挤着领到竹签，然后拿着竹签再从挤得水泄不通的人群中，带着粗布袋挤到里面去领米。母亲在家里横抱着哭涕着的二弟踱来踱去，我在旁坐在一只小椅上呆呆地望着母亲，当时不知道这就是穷的景象，只诧异着母亲的脸何以那样苍白，她那样静寂无语地好像有着满腔无处诉的心事。妹仔和母亲非常亲热，她们竟好像母女，共患难，直到母亲病得将死的时候，她还是不肯离开她，把孝女自居，寝食俱废地照顾着母亲。

母亲喜欢看小说，那些旧小说，她常常把所看的内容讲给妹仔听。她讲得娓娓动听，妹仔听着忽而笑容满面，忽而愁眉双锁。章回的长篇小说一下讲不完，妹仔就很不耐地等着母亲再看下去，看后再讲给她听。往往讲到孤女患难，或义妇含冤的凄惨的情形，她两人便都热泪盈眶，泪珠尽往颊上涌流着。那时的我立在旁边瞧着，莫名其妙，心里不明白她们为什么那样无缘无故地挥泪痛哭一顿，和在上面看到穷的景象一样地不明白其所以然。现在想来，才感觉到母亲的情感的丰富，并觉得她的讲故事能那样地感动着妹仔。如果母亲生在现在，有机会把自己造成一个教员，必可成为一个循循善诱的良师。

我六岁的时候，由父亲自己为我"发蒙"，读的是《三字经》，第一天上的课是"人之初，性本善；性相近，习相远。"一点儿莫名其妙！一个人坐在一个小客厅的炕床上"朗诵"了半天，苦不堪言！母亲觉得非请一位"西席"老夫子，总教不好，所以家里虽一贫如洗，情愿节衣缩食，把省下的钱请一位老夫子。说来可笑第一个请来的这位老夫子，每月束修只须四块大洋（当然供膳宿），虽则这四块大洋，在母亲已是一件很费筹措的事情。我到十岁的时候，读的是"孟子见梁惠王"，教师的每月束修已加到十二元，算增加了三倍。到年底的时候，父亲要"清算"我平日的功课，在夜里亲自听我背书，很严厉，桌上放着一根两指阔的竹板。我的背向着他立着背书，背不出的时候，他提一个字，就叫我回转身来把手掌展放在桌上，他拿起这根竹板很重地打下来。我吃了这一下苦头，痛是血肉的身体所无法避免的感觉，当然失声地哭了，但是还要忍住哭，回过身去再背。不幸又有一处中断，背不下去，经他再提一字，再打一下。呜呜咽咽地背着那位前世冤家的"见梁惠王"的"孟子"！

我自己呜咽着背，同时听得见坐在旁边缝纫着的母亲也唏唏嘘嘘地泪如泉涌地哭着。

我心里知道她见我被打，她也觉得好像刺心的痛苦，和我表着十二分的同情，但她却时时从呜咽着的断断续续的声音里勉强说着"打得好"！她的饮泣吞声，为的是爱她的儿子，勉强硬着头皮说声"打得好"，为的是希望她的儿子上进。由现在看来，这样的教育方法真是野蛮之至！但于我不敢怪我的母亲，因为那个时候就只有这样野蛮的教育法。如今想起母亲见我被打，陪着我一同哭，那样的母爱，仍然使我感念着我的慈爱的母亲。背完了半本"梁惠王"，右手掌打得发肿有半寸高，偷向灯光中一照，通亮，好像满肚子装着已成熟的丝的蚕身一样。母亲含着泪抱我上床，轻轻把被窝盖上，向我额上吻了几吻。

　　当我八岁的时候，二弟六岁，还有一个妹妹三岁，三个人的衣服鞋袜，没有一件不是母亲自己做的。她还时常收到一些外面的女红来做，所以很忙。我在七八岁时，看见母亲那样辛苦，心里已知道感觉不安。记得有一个夏天的深夜，我忽然从睡梦中醒了起来，因为我的床背就紧接着母亲的床背，所以从帐里望得见母亲独自一人在灯下做鞋底，我心里又想起母亲的劳苦，辗转反侧睡不着，很想起来陪陪母亲。但是小孩子深夜不好好的睡，是要受到大人的责备的，就说是要起来陪陪母亲，一定也要被申斥几句，万不会被准许的（这至少是当时我的心理），于是想出一个借口来试试看，便叫声母亲，说太热睡不着，要起来坐一会儿。出乎我意料之外的，母亲居然许我起来坐在她的身边。我眼巴巴地望着她额上的汗珠往下流，手上一针不停地做着布鞋——做给我穿的。这时万籁俱寂，只听到滴答的钟声，和可以微闻得到的母亲的呼吸。我心里暗自想念着，为着我要穿鞋，累母亲深夜工作不休，心上感到说不出的歉疚，又感到坐着陪陪母亲，似乎可以减轻些心里的不安成分。当时一肚子里充满着这些心事，却不敢对母亲说出一句。才坐了一会儿，又被母亲赶上床去睡觉，她说小孩子不好好的睡，起来干什么！现在我的母亲不在了，她始终不知道她这个小儿子心里有过这样的一段不敢说出的心理状态。

　　母亲死的时候才廿九岁，留下了三男三女。在临终的那一夜，她神志非常清楚，忍泪叫着一个一个子女嘱咐一番，她临去最舍不得的就是她这一群的子女。

　　我的母亲只是一个平凡的母亲，但是我觉得她的可爱的性格，她的努力的精神，她的能干的才具，都埋没在封建社会的一个家族里，都葬送在没有什么意义的事务上，否则她一定可以成为社会上一个更有贡献的分子。我也觉得，像我的母亲这样被埋没葬送掉的女子不知有多少！

　　　　　　　　　　　　　　　　　　　　一九三六，一，十日深夜